# 黑色恐惧之路

[美]康奈尔·伍里奇 著

陈小兰 译

康奈尔·伍里奇黑色悬疑小说系列

上海文艺出版社
Shanghai Literature & Art Publishing House
上海故事会文化传媒有限公司

**康奈尔·伍里奇黑色悬疑小说系列（全18种）**

**编委会**

**总策划** 夏一鸣

**主　编** 黄禄善

**副主编** 高　健

**编辑成员（按姓氏拼音为序）**

蔡美凤　高　健　洪圣兰　胡　捷

黄禄善　吴　艳　夏一鸣　杨怡君　朱崟滢

## 序　言

　　你见过妻子为丈夫的情妇洗冤吗？见过杀手恋上自己的谋杀目标吗？还有弃妇嫁给死人、员工携带老板爱妻逃亡、富豪邮购致命新娘，等等。所有这些令人心颤的诡谲事件，或者说，诞生在西方资本主义世界的怪胎，都来自康奈尔·伍里奇（Cornell Woolrich, 1903—1968）的黑色悬疑小说。黑色悬疑小说，又称心理惊险小说，是西方犯罪小说的一个分支。它成形于20世纪40年代，在50年代和60年代最为流行。同硬派私人侦探小说一样，这类小说也有犯罪，有调查，然而它关注的重点不是侦破疑案和惩治罪犯，而是剖析案情的扑朔迷离背景和犯罪心理状态。作品的叙事角度也不是依据侦探，而是依据与某个神秘事件有关的当事人或案犯本身。伴随着男女主角因人性缺陷或病态驱使，陷入越来越可怕的犯罪境地，故事情节的神秘和悬疑也越来越强，从而激起了读者的极大兴趣。

　　康奈尔·伍里奇被公认是西方黑色悬疑小说的鼻祖。他出生于美国纽约，幼年即遭遇父母离异的不幸。在前往父亲工作的墨西哥生活了一段时期之后，他回到了出生地，同母亲相依为命。1921年，他进入了哥伦比亚大学，但不多时，即对平淡的学习生活感到厌倦，并于一场大病之后退学，开始了向往已久的职业创作生涯。1926年，他出版了长篇处女作《服务费》，接下来又以极快的速度出版了《曼哈顿恋歌》等五部长篇小说。这些小说均被誉为"爵士时代小说"的杰作，尤其是《里兹的孩子》，为他赢得了《大学幽默》杂志举办的原创作品大奖，并得以受邀来到好莱坞，将小说改编成电影剧本。1930年，"事业蒸蒸日上"的康奈尔·伍里奇与电影制片商的女儿结婚，但这段婚姻只维持了几个星期便因他本人的恋母情结和同性恋倾向而告终。此后，康奈尔·伍里奇一度意志消沉，创作也连连受挫。一怒之下，他销毁了全部严肃小说手稿，转向通俗小说创作。1940年，他的第一部黑色悬疑小说《黑衣新娘》问世，顿时引起轰动，他由此被称为"20世纪的爱伦·坡"和"犯罪文学界的卡夫卡"。紧接着，他又以自己的本名和笔名陆续出版了17部国际畅销书，其中的《黑色帷帘》《黑色罪证》《黑夜天使》《黑色恐惧之路》《黑色幽会》同《黑衣新娘》一道，构成了著名的"黑色六部曲"。其余的《幻影女郎》《黎明死亡线》《华尔兹终曲》《我嫁给了一个死人》，等等，也承继了同样的黑色悬疑风格，颇受好评。与此同时，他也在《黑色面具》等十几家通俗杂志刊发了大量的中、短篇黑色悬疑小说。这些小说同样受欢迎，被反复结集出版。然而，巨额稿费收入并没有给他带来精神愉悦。他依旧"像一只倒扣在玻璃瓶中的可怜小昆虫",徒劳挣扎,郁郁寡欢。自50年代起,因酗酒过度,加之母亲逝世的沉重打击,康奈尔·伍里奇的健康急剧恶化,他的一条腿因感染未及时医治而被截除。1968年,康奈尔·伍里奇在孤独中逝世,死前倾其所有财产,以母亲名义为母校哥伦比亚大学设立了一项教育基金。

康奈尔·伍里奇的黑色悬疑小说引起了众多作家的模仿。最先获得成功的是吉姆·汤普森(Jim Thompson, 1906—1977)。他的《我心中的杀手》等小说以破案解谜为线索,表现罪犯的犯罪心理,从多个层面反映小人物的重压。稍后,霍勒斯·麦考伊(Horace McCoy, 1897—1955)和戴维·古迪斯(David Goodis, 1917—1967)又以一系列具有类似特征的作品赢得了人们的瞩目。20世纪50年代至60年代,黑色悬疑小说层出不穷,代表作家有查尔斯·威廉姆斯(Charles Williams, 1909—1975)、哈里·惠廷顿(Harry Whittington, 1915—1989),等等。同康奈尔·伍里奇和吉姆·汤普森一样,这些作家注重塑造处在社会底层、具有人性弱点或生理缺陷的反英雄,但各自有着独特的创作手法和成就。

康奈尔·伍里奇的黑色悬疑小说还引发了战后西方黑色电影浪潮。自1937年起,依据康奈尔·伍里奇的长、中、短篇黑色悬疑小说改编的电影即频频出现在美国各大影院,并进一步成为好莱坞电影制作的主要来源,尤其是1954年,阿尔弗雷德·希区柯克(Alfred Hitchcock, 1899—1980)执导的电影《后窗》赢得了爱伦·坡奖,将这种改编推向了高潮。据不完全统计,20世纪40年代至60年代,共有35部康奈尔·伍里奇的作品被改编成电影,其数目远远超过达希尔·哈米特(Dashiell Hammett, 1894—1961)和雷蒙德·钱德勒(Raymond Chandler, 1888—1959)。不久,这股康奈尔·伍里奇作品改编热又延伸到了南美、德国、意大利、土耳其、日本、印度,尤其是《黑衣新娘》和《华尔兹终曲》,在法国持续引起轰动。80年代和90年代,康奈尔·伍里奇作品又被西方各大媒体争先恐后改编成电视连续剧、广播剧。与此同时,新一波电影改编热又悄然兴起。直至2001年,美国著名影视剧作家迈克尔·克里斯托弗(Michael Cristofer, 1954— )还将《华尔兹终曲》改编成了电影《原罪》,广受好评。2012年,《后窗》又被改编成百老汇音乐剧。2015年至2019年,作为好莱坞经典保留剧目,电影《后窗》再次在美国各大影院上映,引起轰动。

  这套丛书汇集了康奈尔·伍里奇的18部黑色悬疑小说,包括16部长篇和2部中短篇,是迄今国内译介康奈尔·伍里奇的品种最齐全、内容最丰富的一个系列。这些小说既有爱伦·坡和卡夫卡的印记,又有硬汉派侦探小说的风格,但最大特色是制造了紧张的恐怖悬念。作品大多数以美国经济萧条时期的大都市为背景,着力表现人性的阴暗面和人生的残忍、污秽、挫败以及虚无。譬如《黑衣新娘》,描述一个神秘女子伪装成不同的身份和外表对多个男性疯狂复仇，起因是多年前那些人枪杀了她的丈夫，从那时起，她就誓言血债血偿，其手段之残忍，令人咋舌。而《黑色幽会》则描述一个男子的未婚妻被五名男子的空中抛物致死，其心灵被疯狂滋长的复仇欲望所扭曲，并渐至迷失本性。在难以言状的病态心理驱使下，他将这五名男子最心爱的女人一个个杀死。与此同时，他也成为可悲的社会牺牲品。

同这类以罪犯为男女主角的小说相映衬的是另一类以受到陷害、孤立无援的无辜者为男女主角的作品。《黑色帷帘》和《幻影女郎》堪称这方面的代表作。在《黑色帷帘》中，男主角脑部遭受重击丧失记忆力，过去的生活片段如梦魇般在内心煎熬。他渐渐回忆起自己曾被人陷害，是一起谋杀案的疑犯。而要洗清嫌疑，他必须恢复记忆。伴随着支离破碎的回忆，他极度害怕自己就是真凶。无独有偶，《幻影女郎》中的男主角与妻子吵架负气出门，在与陌生女郎约会之后，发现妻子被杀，自己则被控告行凶，判处死刑。本可以证明他清白的神秘女郎，却仿佛人间蒸发一般，而那晚所有见过他的人，都不记得他曾与女郎在一起。随着行刑日期接近，所有寻找女郎的努力都以失败告终。即便他本人也开始怀疑，是否真有这样一位女郎存在。

为了增加作品的悬疑，特别是中、短篇小说中的悬疑，康奈尔·伍里奇也会仿效一些传统侦探小说的写法，描述一些出人意料的谋杀奇案。如《死亡预演》描写身穿宫廷裙服的女演员突然被烧死，警方必须弄清楚罪犯（伴舞者中的一个）如何在一大群伴舞者中放火杀人。而《自动售货机谋杀案》要解决的则是罪犯如何利用自动售货机毒杀三明治购买者。除了一些常见的布局手法，暗示超自然力量的存在也是康奈尔·伍里奇解释某些罪案发生的方法之一。《眼镜蛇之吻》述说一个离奇的印第安妇女能将毒蛇的毒液转移至其他物品。《疯狂灰色调》描述一个坚持要解读出"乌顿"（一种巫术）秘密的乐师。《向我轻语死亡》则以一个先知谶语来展开叙述。面对通灵师预言女孩的叔叔将在两天后被雄狮咬死，警察该如何阻止这场事先张扬且没有罪犯的命案？被预言逼得精神失常的叔叔又该如何保护自己？所有人是否能在死亡期限之前揭开阴谋面纱？诸如此类的谜底，将在"康奈尔·伍里奇黑色悬疑小说系列"中一一找到答案。

黄禄善

Contents

生死两隔 /1
无故蒙冤 /22
机智脱身 /35
神秘女子 /44
惊险私奔 /60
倾囊相授 /86
暗度陈仓 /100
线索中断 /113

绝处逢生 /117
以身犯险 /133
深入虎穴 /142
落入敌手 /152
云开雾散 /170
报仇雪恨 /178
坟上花开 /192

## 生死两隔

不知怎地便来到了祖莱塔街,也许是马车夫觉得我们会喜欢这里吧!我们停在一家名为"邋遢乔"的牛肉三明治酒吧前。这家酒吧四面临街,外观独具一格,内部却平淡无奇。

拉车的马似乎认识路一样,自己停在门前,我猜它之前一定来过许多次了。马车夫转过头,征询似地看着我们。

"这是哪里?"我问。

"邋遢乔,"他说,"一家很受欢迎的酒吧。"

我很想问:"那你是干什么的?替他们招揽顾客还是什么?"思虑再三,话到嘴边还是咽了下去。

我回头望着她。"你想进去吗？"

她一开始不想。"斯科特，你觉得我们俩这样进去安全吗？"

"当然安全！这里是哈瓦那，不是美国。他没有如此通天的本事。"

她对我笑了笑。我读懂了笑容背后的含义——哦，兄弟，你太天真了。"他没有吗？"她说，"我们本该去酒店，把自己反锁在房间里。"

我暗自思忖：的确应该如此，锁好门再把钥匙扔掉，但不是因为他。

我说："但他给你发了电报，还祝你好运。"

"这正是我担心之处，"她说，"他并没有说是什么样的好运。"

"我会和你在一起。"我说。

她又笑了。我的感觉像嚼过的口香糖，已经不那么坚定了。"我会和你在一起，"她说，"我们一定能活下去。"

我搀扶她下来。她就站了一分钟，却仿佛一把火炬般点亮了整条街。我惊讶于我们周围昏暗的墙壁竟然没有映像。她一袭白衣，站在夜色中。我想这应该是绸缎，必须用喷雾喷洒全身再烘干。她将他赠予的所有东西都穿戴在身，每走动一步，耳朵、脖子、手腕和手指便闪闪发光。

我很纳闷，她为什么要戴着所有的首饰上岸，尤其在她告诉我前两天夜里发生的事情之后。"斯科特，它们夜里会和我聊天。

我一夜未眠,我能听到它们在梳妆台上窃窃私语,一件件轮流发言,声音虽小但滑稽尖锐。'记得你什么时候得到我的吗?记得吗?记得你付出了什么吗?你一定记得,对吧?'我再也忍受不了了,不得不堵住双耳,否则我觉得自己会疯掉。"

上岸后我一直想问她,眼下时机正好。"我知道我们要去狂欢,但你不觉得戴着这些钻石水晶有点累赘吗?"

她说:"我们人在港口,如果把首饰留在船舱,我觉得不是明智的决定。"

"那为什么不交给客轮上的事务长暂管?"

她开始解开手腕上的一条手链。"既然你这么说,我就扔掉。脱下所有的首饰。立刻!全部!"她并不像在开玩笑,我不得不从马车边缘拉回她的手。

我觉得她也不清楚自己为什么要戴这些首饰。归根结底,也许是一种反抗吧!用他赠予的珠宝来愉悦另一个男人的眼睛。

付了马车费,我们两人便进去了。酒吧过道几乎水泄不通,离地一人高的墙上支起了一个小小的舞台,歌手们正在上面声嘶力竭地吼着。没有吧台,但是人头攒动的酒吧里有一席空地,表明那里便是点单的地方。

我先进去,在人群中为她拨开一条道,拉着她的手腕把她拽进来。人太多,我们花了好一会儿功夫才到酒吧第二层,仿佛置身于一场足球混战中。休息了一会儿,我看见有个人退出来,于是赶紧一手抓着吧台边缘,一手拽着她挤进去。本来只能容下一个人的空隙,硬是挤进了两个人。大家你推我搡,挤得像沙丁鱼罐头,却丝毫不介意。我大声喊道:"两瓶帝克啤酒。"

我甚至得侧着头才能保证我们不亲吻到彼此,而我也努力这么做了。

我问:"你还好吗?"

她又露出那个笑容,回道:"你的胳膊环绕着我,你的肩膀支撑着我——哦,就这样吧,斯科特,这样很好。"

"别这么说。"我轻声回道。我的样子一定很滑稽,从小,只要有人反复提及一件事,我便会不好意思。我想,直到现在这性格多少还伴随着我吧!

她的神情仿佛制造了一层层涟漪,环绕着我们,人群中不论是小贩还是舵手,都被她吸引而来。他们就像苍蝇围绕着瓶子嗡嗡地飞,都企图推销一些东西,有途径布鲁克林从法国进口的巴黎香水,有天衣无缝的演讲技巧,还有不寄回家的明信片等,这些在我们国家甚至闻所未闻。

她一口气喝掉了半瓶酒,又朝我露出同样的笑容。"让我们祈祷此刻能永存在记忆里。"

有人拍了拍我的肩膀,又好像是在拍她的肩膀。这里人群摩肩接踵,拍一个人的肩膀就可能同时拍到了三四个人。我们俩都转过头。

一个古巴人扛着台老式三脚架正奋力挤进来。"先生、太太，要不要拍个照回去给朋友们看看？"

"不要！"我极力反对。

她似乎很热衷，毫不犹豫地答应了。大概和喜欢钻石一样，毫无理由吧！"我知道很多人都喜欢拍一张。为什么不呢？我们也来一张吧！摄影师，帮我们这样子拍一张。你看，就是这样。"她的手臂环绕在我的脖颈上，圈得很紧，像个胡桃夹子。她的脸颊紧贴着我，两张脸靠在一起，我们一直保持着这个姿势。"就这样，"她略带苦涩地说，"要深情款款的！"

"嘘……"我轻声说道。直到此刻，我才意识到她竟如此讨厌那个人。我早该意识到的，太迟钝了。这给我一种很奇妙的感觉，既卑微又幸运。

我不知道摄影师是如何使人群后退的，但确实往后挪了一些。我猜他们是不想被恋人的热情灼伤吧！他腾出了一小块空地，大概一枚银元的大小，将三脚架的三条腿立起来，然后用一块黑布遮住了自己和另外两个人的头。那两个人立马又掀开，摄影师只是把黑布放下来。他手拿一把小铲子似的东西高举过头，其中一侧是开闪光灯拍的照片，他们一直在酒吧捕捉镜头。

我们举着它，闪光粉"咝咝咝"地冒出蓝色烟雾，照亮了整个地方。我感觉她往我身上微微靠过来，我自己也因此有点摇晃。

酒吧里一如既往的黄色灯光再次投射过来。她的香味逐渐变淡，直至消散。

我不知道她原来这么重，说道："摄影师在拍了。"

她还是一直保持这个姿势。

"啊，快点，"我轻声抗议道，"大家都看着我们呢！"我听见周围的群众在哈哈大笑。我猜，他们一定以为我们喝醉了，所以她才挂在我身上。

她贴着我的耳朵呢喃道："别催我，斯科特，给我点时间。"她试图张嘴来搜寻我的唇，亲吻我。

我快速贴上她的唇，问道："怎么了？你为什么浑身无力？"

"我就知道我们逃脱不了，"她低声说道，"但这又有何惧？即使只有一晚上的短暂时光，也聊胜于无。"

毫不知情的我，紧绷的神经瞬间放松了。突然间，她如软泥般瘫倒在我眼前，滑落在我脚下。周围瞬间挤满了陌生的面孔，她趴在地上，回头看着我。我连忙蹲到她身旁，看看到底发生了什么。我们俩挨得很近，但我已经无暇顾及。我也没时间整理思绪，因为四周都是无情的脚，像尖桩篱栅一样围绕着我们。舞台上五人组乐队正在深情演绎《西邦妮》（古巴经典歌曲），全场为之陶醉。每到一个地方，《西邦妮》都是这个乐队的必演曲目。今晚这首歌已经唱了一整晚，宛如一首悲伤的挽歌，令人心碎。

即使狼狈倒地，她依然美得不可方物。柔和的黄色灯光倾泻而下，她在光影中显得温柔恬静。我试图扶她起来，但她不动声色地推开我，似乎在告诉我，现在还不是时候。

"只要和我再待一会儿就好，不会很久。"

我靠近她，把她揽在怀里。我不知道还有什么办法可以把她抱得更紧。我不知道，毫无头绪。

"我得一个人在黑暗中离开了，"她叹息道，"我一直很讨厌黑暗。"她的双唇又试图寻找我的唇，但最终还是放弃了。"斯科特，"她奄奄一息地说道，"帮我把剩下的酒喝完，酒还在那里，然后摔碎酒杯。这正是我此刻想做的，却心有余而力不足！还有，斯科特——让我看看拍出来的照片怎么样。"

她的下巴微微下垂，我并没注意到，她已经神志不清了。

她的双手也滑落下来，我连忙握住。只有我能碰她，他们都不可以。

我抱着她，紧紧拥在怀里，跌跌撞撞地后退了几步，四处张望。我不知道该去哪里，也不知道该做什么。

有人朝地板指了指，我低头望去，深红色的血正从她身下一滴滴淌下来，很慢，很慢。你甚至看不清血滴滴落，只能看见地上的一滩血迹。血滴形成各种各样的形状，有的像紫红色的雪花，有的像沙滩上深红色的小海星。她身上有个突出的东西，像装饰的胸针，又像她连衣裙上的扣子，但被扯得有点远，不像它本来该有的样子。它是玉制的，我抱着她时，还轻微晃动了一下。不是因为她的呼吸而晃动——她已经毫无生命气息——而是我拥着她的双手在颤动。

　　它看起来有点熟悉，雕刻的是一只盘腿蹲坐、双手捂住眼睛的小猴子。我一时间想不起来曾在哪里见过。我只知道，它不应该出现在这里。我握紧它用力拔出来，它越变越长。我越拔，它越长，就像可怕的噩梦一般，变长，再变长。好像是我亲手将她扯断，撕开她的身体，取出她的血肉——我不知该如何表达。猴子底座下的钢铁逐渐露出来，越来越长，越来越长，足足有八英寸。我的前额渗出厚厚的一层汗，仿佛这钢铁是从我身体里拔出来似的。我慢慢地抽出来，尾部是钢针，线条优美，又细又长，尖锐致命。看着它，就仿佛看见了死神。它就是死神！我突然间全部拔出，终于结束了这漫长的痛苦。所在之处，只留下一个小洞，溢出一点血，迟迟没有滴下来，或许已经凝固了。

　　我一手托着她的身体，一手摊开手掌，里面是那只猴子，好像在乞求施舍。在她身旁，那根长长的钢铁躺在血泊中，有点像云纹绸的表面。

　　我颤抖着张开手指，玉制猴子便"砰"地一声掉落在地。

　　我最终还是把它捡起来。不要笑，那时候的我一定双眼呆滞，反应迟钝。一旦你深陷爱河，也会像我一样反应慢半拍。

　　眼前闪过一张张面孔，我需要帮助，任何帮助都可以。

　　"她已经死了！"我朝他们大声吼道，"她现在一动不动！她就在我的怀里被人刺杀了！"

被痛苦包围的我吼出了英文，他们也吓得用西班牙语窃窃私语。这种情况下，即使语言不同，大家也能心领神会。

我听见十几个人的声音，虽然之前没听过，但我知道。

突然间，人墙处最脆弱的地方开始骚动，人群四处逃窜，唯恐迟者遭殃。不仅仅是他们，我也想逃，那样我就可以和她在一起了。他们跌跌撞撞，朝着街道的方向慌乱而逃。我想，最主要的原因，是害怕作为目击证人被留下吧。还有，这正是一次千载难逢的逃单机会，没有人会让它白白溜走，这也是部分原因吧！还有原因的话，那应该就是纯粹出于恐慌，传染了一个又一个人。有时候，没有任何原因也能引起恐慌。

我甚至看见一个落后者吓得手脚并用，爬着出去，已经忘记如何走路了，后来才站起来，跟着人群惊惶而逃。

偌大的酒吧大厅，只剩我抱着一具冰冷的尸体。只有我和她，还有一排长长的、长长的被匆忙丢弃的酒瓶，各式各样，大小不同，颜色不一。吧台后面的人因为来不及逃跑，只能待在那里。

我依然站在原地，没有挪动。我隐约意识到，带她去其它地方也没用，因为即使换一个地方，她也会死。

哈瓦那这座小镇，任何消息都传播得很快，无论是关于恋爱、出生或死亡。

没过多久，便传来警车刺耳的警报声，穿过祖莱塔街，由远及近，最后停在酒吧外面。身着制服和便服的警察包围了"邋遢乔"

酒吧，沿街的每一个要点都有警察站岗。仍然有一些大胆的酒徒背着警察闯进来，一知道要留下来当目击证人，立马又灰溜溜走了，态度截然不同。

警察将三张椅子拼成一排，从我怀里接走她，平放在上面，这是酒吧所能提供的最好的尸架了。她的短裙有一边拉得有点高，我轻轻地放下来并整理好。啊，有点难过，不知道为什么。我转身朝吧台走去。

当他们围绕着她，验尸官——我猜他是——忙着检查的时候，我拿起她放在吧台的代基里酒（一种鸡尾酒），举到跟我的视线齐平，朝她的方向敬了敬，便一饮而尽。这也令我悲痛难忍。多么苦涩的酒啊！然后我遵照她的遗嘱，折断玻璃杯的长柄。再见了！没有葬礼，现在能为她做的只有这些了。

警察将我团团围住。我想，从此我就要孤独地度过没有她的余生了。一个人，在一座陌生的城市。我茫然地注意到，其中两个警察已经扣动了左轮手枪。我不知道为什么。这里没人能伤害他们，也没人能威胁他们，而我只有一个人，被他们围困在中间。其他人都已经被赶出门外了。

他们试图跟我沟通，但我完全听不懂。见此情形，他们叫来一个人。"阿科斯塔。"他们转头大声呼喊。我猜，这应该是人名吧！没一会儿，一个新面孔穿过队伍，来到前排。

他穿着朴素，一身羊驼呢套装，戴着一副角质框眼镜，看起来博学多才。我猜,他也是一位王牌侦探,因为大家都对他毕恭毕敬。他操着一口流利的英语,不像书呆子那般生硬,倒像是地道的浸泡式英语,虽然带着口音,但语言模式和我们很像。他一定在美国受过教育,或者在美国的警校培训过。

他走近我,仔细地端详着我。

"这个女人死了。"

我沉默不语。从知道的那一刻起,我的心就仿佛撕裂一般。

"你是她的男人?"

"我是她的男人。"

"你的名字?"

"斯科特,比尔·斯科特。"他边问边在本子上记录。"如果要登记在捕人记录簿,就叫威廉吧。"

"她的名字?"

我把下巴埋得很低,心隐隐作痛。"你指什么——正式的,日常的,还是——以后的称呼?"

你就不能跟他打马虎眼。他一本正经地说道:"我需要她的名字。这是一个很简单的问题,不是吗?"

"伊芙,"我轻声回答,"书面是埃迪·罗曼夫人。以后应该叫——"

我又一次心痛难忍,未说出口的话如鲠在喉。

"以后叫什么?"

"比尔·斯科特夫人，"我喃喃自语道，"但是有人不给我们这个机会。"

"那罗曼先生在哪里？"

"不知道，"我气愤至极地说，"我希望他下地狱进油锅！"

"你住哈瓦那？"

"就住在我站的这里。"

"那她呢？"

"我们今天下午三点才登上码头，都还没落脚之处。如果您一定要登记地址，那就写特等舱 B-21 和 B-23，只要穿个过道就行。我的剃须刀和牙刷都还在那里，所以也算地址。"

"只要穿个过道吗？"

"放轻松，"我说，"穿一次就行。"

他收起笔记本。我以为结束了，但我错了，其实才刚刚开始。"现在……"他说。

"什么现在？"

"你刚刚在这个酒吧和她吵架了？"

"我刚刚在酒吧里和她吵得有点凶。"

他只是看着我。我明白他的意思。我又往后退了大半圈，回到我从地上抱起她的位置。

"等下，这是干什么？要去哪里？"

"去寻找事实，寻找真相。"

"好吧，那你这是南辕北辙。"我尽量保持声音平稳，只是感觉喉咙有点肿胀，顶着衣领，"不是我做的。"

警队里有个人就近引爆了一串西班牙鞭炮：砰砰砰砰。他大手一挥就把鞭炮声盖住，仿佛在告诉我："我熟知一切，包括你，我有权审讯。"这种方式我竟然有点喜欢。

"这是你的刀子吗？"他们之前就已经捡起来了。

那个玉制手柄我一开始就有点眼熟，雕刻成手捂眼睛的小猴子形状。我现在想起来了。我知道我最好告诉他们，否则他们迟早也会查出来，毕竟也没什么可隐瞒的。

"不是，"我回答道，"但和我的几乎一样。我今天下午在古玩店的确买了个很像的。等一下，我拿给你们看，就在口袋里——"

我刚要摸口袋，他们就抓住我的手，押着我的肩膀，将手肘和手腕往后扣，里里外外地搜我的外套。

"等一下，别这么激动，"我冷冷地责备道，"你们以为我想干吗？"

"我们不知道，"他告诉我，"但无论你要做什么，都由我们来代替。"

"你们到底想干吗——把我当成嫌疑犯，这样搜查我吗？"

他给我上了一节咬文嚼字的课。"清者自清，浊者自浊。"

我夹在两个人中间，犹如一块人肉三明治。

他们上上下下、仔仔细细地搜查我的口袋。我一直等着他们找到我那只玉制小猴子,发现两者的不同之处,没想到等来的却是一张收据。

他们查看收据时,我一边挣脱压制,一边喊道:"等一下,收据应该还附着一把刀子!"我不停地扭动,企图站起来,想自己去翻那个口袋,但我的手臂被紧紧地压着。

最后,其中一人把口袋内衬翻过来给我看,空空如也。

"但我确实放在口袋里了。"

阿科斯塔拍了好几次那把刀子。"的确有把刀子,就是这把!"

我尽量保持声音平稳。真相很快就会水落石出,没必要这么激动,他们只是晚一点理解我而已。

"注意下,听我说。那把刀子不可能是我的,我的根本就没拿出来过。古玩店老板给我时,还包装得好好的。我还可以告诉你们是怎么包装的,夹在两块橡皮中间,用绿油纸包裹着。"

他对着押我的两个人竖竖拇指,他们立刻把我拉到一边,以滚动东西的粗鲁的方式。他蹲在她刚才躺着的地板上,灯光投射下来。他在光影中到处翻翻找找,还不忘搜查吧台底部,终于找到一团皱巴巴的绿色油纸以及两块橡皮。

"准确无误。"他点头说道。

我转过头,下巴对着他。"你想告诉我,在乌泱泱的人群中,我小心翼翼地从口袋里拿出刀子,撕去包装纸,扔掉橡皮,然后刺向她——做得神不知鬼不觉?"

"那你是想告诉我,做这一切的另有其人,而你根本没察觉,没看到甚至也没听到吗?你听听这个声音。"他将油纸揉成一团,手心里发出"嘎吱嘎吱"的声音,仿佛捏碎一只生物。

过了一会儿,这个声音才消失。他朝我露出一个冷冷的笑容,总之并不意味着"让我们做好朋友吧"这层深意。

"你还不承认这是你的刀子吗?"

我盯着这致命的东西,竟然觉得有点后怕。它不是邪物是什么?怎么从口袋里出来的?我如何拿着它刺向她?

他从另一个人的手里拿过收据,逐字逐句地大声翻译给我听。不像美国的收据,这里的收据细节清晰,像一本辞藻华丽的书。他能准确地知道我在哪里购买的。我想,详细记录每一件商品应该是这里的传统吧!

"蒂奥·秦古玩精品店,"阿科斯塔读道,"位于巴萨黑·安戈斯塔街42号,售一把装饰刀,东方进口,玉柄,购买者斯科特先生——"

也许是他的高声诵读将我重新带回那个场景。我突然灵光一闪,瞬间明白了一直困扰着我的是什么。事情很快就会好转,最糟糕的都会过去。"等等,"我迫不及待地打断他,"让我看看那把刀子,凑近点看看它。我仔细观察下手柄,上面雕刻的图案很精致。"

他用两根手指捏着刀身举到我面前,有点讽刺地看着我。

"这只小猴子双手捂着眼睛,对吧?"

"我们也能看见。"他干巴巴地说。

"那么它就不是我买的那只。"

我说完自信满满地等着他们提问,特意停顿了一下。

"古玩店一套有三种——分别是小猴子手捂眼睛、耳朵和嘴巴。你知道,可能正是对应那句古谚语还是什么,'非礼勿视,非礼勿听,非礼勿言。'我并不想三只都买,于是我问她该挑哪一只,她建议手捂耳朵的那只,我就买了那只。现在这只应该是同一套的,但和我的不一样,这是别人的刀子。那个古玩店老板可以帮我证明,我们去那里。"

他们一动不动。

阿科斯塔又把话题转向收据。"那你否认这是开给你的收据吗?"

这是个愚蠢的问题。这不就是他们从我口袋里搜出来的吗?"不,当然不。这张就是我的收据。"

"那么,你刚才就不该打断我,而是让我读完。现在请再给我一点时间,"他继续读收据,"备注——购买一把装饰刀,手柄图案为手捂眼睛的猴子,已收款 20 比索。"

我听完下巴都要惊掉了。"不,一定是古玩店老板写错了,一定是这样。"

我的解释显得苍白无力。"你已经承认你买过刀子,也承认这张收据是你的。刺杀她的凶器就在你面前。你应该毫无异议,因为是你亲手从她身体里拔出来的,不是吗?所有的证据都指向你。这是从你口袋里搜出来的收据,上面写着你的名字,这把刀子也符合刺杀她的那把——手捂眼睛的猴子。收据和刀子一致,刀子和伤口吻合,所以收据符合伤口,而这正好是开具给你的收据。"他耸耸肩,说道,"真相昭然若揭,解释得天衣无缝。"

我已经气得暴跳如雷。"但我告诉过你们,我买的刀柄是手捂耳朵的小猴子。这把是别人的刀子!这把刀子和伤口吻合,收据和刀子一致,这确是事实,但是这张收据不符合我买的那把刀子。它们是两把不同的刀子。你们到底有没有听进去?"

"美国人喜欢拐弯抹角,"他武断地说道,"两点之间直线最短,但你们总是绕最远的路,就好比你们喜欢把1厘米换成0.0328英尺来表达。"他企图说服我,证明他不只会逮捕犯人,还会让其意识到愧疚感。他想告诉我,现在的情形对我有多么不利。我不知道。除了和他们在酒吧闲扯度日,我不知道还能做什么。

"为了继续理论下去,我们来假设你是正确的,这是其他人的刀子——虽然不是这样,"他摊摊手,说道,"那么还缺一样东西,你自己买的刀子去哪儿了呢?你所说的用绿油纸包装、夹在橡皮里的刀子在哪儿?你说你放在口袋里,为什么我们一无所获?好吧,在哪儿?你说有两把不同的刀子。当然,这不是我们说的,我们只看见一把,你也知道。你说有两把,但你又不能展示给我们看。那么,谁是错的,你还是我们?"

我几乎要发疯了。"可能从口袋里滑出来了，在马车上，在饭店里，或者任何地方都有可能。我们在'无忧宫'吃饭，期间还起来跳了好几次伦巴舞，可能就是那时候掉了。我怎么会知道？口袋不够深——刀子还露了一点出来——我刚放进去就注意到了。"

阿科斯塔翻译给其他警察听时，他们都哈哈大笑起来。其中一个人还捏着鼻子憋笑，肢体语言是没有沟通障碍的。

阿科斯塔又对我说："它必须先解开包装纸才会滑落。它难道像蛇一样，皮肤光滑，直接从橡皮和包装纸中溜出来，躲在口袋里，一直跟着你到这里，然后自己爬出来？当然了，还有，你的收据也和你说的不符。店主开的收据正好证明了你没买什么，而不是你买了什么。"

我试图阻止他，但他一直滔滔不绝。这种情况就好比侯爵打拳击赛一样，毫无规则可言。

"所以这张收据是另一把刀子的，而这把刀子莫名其妙地出现在这里，不在哈瓦那的其他地方，正好就在'邋遢乔'的酒吧间，出现在你脚下，还找到了自己对应的收据。它就像一块磁铁一样跟着你，是吧？你带着错误的收据从古玩店出来，而那张收据对应的刀子自己溜出来，跟着你，'砰'的一声掉在你脚下，然后又主动刺向那位女士。"他说得手舞足蹈。"你希望我们接受这么荒唐的故事吗？你觉得这里是古巴，就可以把我们当一群六岁孩童一样耍吗？你认为我们是怎么样的警察？"

我有气无力地说:"我现在也思绪混乱,但我还想据理力争。如果我真的想杀她,为什么还要来这么拥挤的地方?在此之前,我们一起在黑夜里漂洋过海,一起坐马车。甚至有一次,我们一起坐在海港,看着来来往往的渔民闲逛散步。这么多机会,我为什么当时不动手?为什么当时不动手呢?"

他思考了片刻,很快便顺利反驳道:"因为人群可以掩护你。人群越拥挤,你的嫌疑就越小。如果你在两人独处的时候下手,那么毫无疑问,你就是凶手。这里的人群堵得水泄不通,你更有理由嫁祸他人,正是你现在所做的事。"

"但这真的是别人做的!"我感觉百口莫辩,快要窒息一般,于是我疯狂地拽着领子,想获得解脱。

"我会证明给你看,为什么这是不可能的。"我敢打赌,他一定刚升职,所以才有这么好的兴致。"你只需回答我三个问题,就可以自证清白。"他朝其他人竖起了三根手指,"这位女士来到哈瓦那多久了?"

我已经告诉他们一次了。为什么要再问一遍?"她和我一起,傍晚将近6点钟才下船。"

他放下了一根手指。"4个小时前。"他不断地靠近我,"她之前来过这里吗?"

我只能如实告知,因为这很容易查证。"我们俩都没来过。"

他又放下第二根手指。我已经被他逼退到吧台,腰部顶着吧台。

"她认识这里的人吗?哪怕一个人也行,或者朋友的朋友,或者笔友?"

情形似乎对我越来越不利。"没有,"我小声承认,"一个人都没有。"这也是我们选择这里的原因。

他把三根手指都放下了。他紧握拳头,应该有点想揍我吧。"这就是你的回答。你是不是还想狡辩,不是你而是别人杀害了她,在她刚刚抵达的地方,在她根本没熟人的地方,在她此生第一次踏足的地方?总之,是用你买的刀子,从你口袋里拿出来,解开包装纸再刺杀。"

我悲哀地想,又回到了刀子这个问题上。

他们现在准备将她抬出去。我看见他们脱掉她的戒指、手镯等。我很纳闷,他们为什么要在这里脱,而不在太平间或者其他放置她的地方。也许他们是怕搬运过程中会遗失,但她即使褪去这些浮华,依然美艳动人。

她脖子上、耳朵上、手腕上以及手指上所有闪闪发光的首饰都被脱下来。我想,无论如何,她还是希望将这一切归还给他。她不再需要它们了。她已经为之付出了许多,远比他花在她身上的多得多。她曾告诉我,她总是深夜和梳妆台上的这些珠宝首饰聊天,彻夜难眠。即使她把它们都塞入盒子,放得远远的,甚至锁起来,她还是能听到微弱的耳语声传过来。直到她遇见我之后,第一次想为自己而活。她不再需要这些珠宝首饰了,她想摆脱它们。但现在,珠宝仍在,可她却已经香消玉殒。她一袭白裙,直挺挺地躺在三把椅子上,一动不动,显得那么瘦弱,那么孤单。

四周还弥漫着她身上的香水味,但她却瘗玉埋香。所有的东西都比她持久,包括我对她可怜的、卑微的爱。

他们把珠宝首饰都放进一块很大的手帕里,将四个角系起来,像豆袋一般抛给阿科斯塔保管。

他们将她抬出去。她即将开始一段孤单的旅程。我想送她最后一程,哪怕只是到门口的停尸车,但警察紧紧地拦住我。我记得她说过很多次,她讨厌黑暗,所以她一定也不喜欢一个人待在车里。现在,她只能一个人上路,那里只有无尽的黑暗。我静静地站着,站得笔直,目送她最后一程。

她就这样融入哈瓦那的夜色,没有钻石,没有爱,没有梦想。

我不知道这样过了多久。有人慢慢拍打我,有人跟我说话,但我毫无知觉,什么也听不到。

"让我一个人待会儿,可以吗?"我木然地答道,"我不知道是走是留。"

"你得留下来,"阿科斯塔说道,"留下来和我们一起。"一只手重重地拍在我肩上。"我们以谋杀的罪名逮捕你!"

## 无故蒙冤

哈瓦那的华人区地方虽小，但人声鼎沸，热闹非凡。相比之下，我们国家的唐人街就像死气沉沉的鬼城一般，人烟稀少。我从未见过如此人山人海的空前盛况。我坐在警车后座，阿科斯塔和另一位警务人员分坐在我的左右侧。警车缓缓地驶过热闹的大街小巷，仿佛蜗牛般挪动，走路都比坐车快。也许他们觉得警车有官方牌照，有押运员踩着脚踏板，显得威风凛凛吧！其实根本无济于事。押运员一只手驾车，另一只手不停地敲击信号按钮，像电报员一样。我并不觉得沿途警车驶过之处有多肃静，反而增添了几分喧闹，这足以让你的神经瞬间崩溃——当然，这是建立在你还在乎的基础上。我已经不在乎崩溃与否,所以也丝毫不受影响。

道路较宽时,行人会紧挨着两侧的墙壁给我们让路;但大多数时间是不行的,他们得集中退到门道里,我们的车才开得过去。其中有的是街头小贩——大多数都是——他们不得不将卡车头对头堆叠起来,这还不够,自己也得爬到高处,让我们从下面经过。座位上的人得低头以示尊重。好几次,我们从临时的飞行伞或辛苦举起的锥形巴拿马草帽下穿过。这是一段奇特的旅途,至少被捕后还能四处走动。

我想,这应该是最后一次澄清自己的机会了。他们都没问过我,便直接带我来这里。或许是之前我在酒吧里提过一次,但现在完全是他们的主意,不是我的,我已经不在乎了。他们来调查取证我的口头证据。我从一位中国人那里买了那把刀子,刀柄是手捂耳朵的小猴子,他还帮我包装,后来粗心大意开错了收据。虽然这不足以将我的罪名全部洗清(我现在嫌疑太大了),至少可以证明我不是信口开河。只要证实这一点,我的其他说辞就更加有力。一个故事编得再天衣无缝,也会因为不实的细节功亏一篑,而这个细节最容易证实。事实上,古玩店老板也是唯一的目击证人,其他都只是我自己毫无依据的说辞而已。

对于他的证词,我不是很担心,我知道可以指望他。不管怎样,真相总会水落石出。奇怪的是,我现在竟然不那么在乎了。警车上的其他人是以警察的角度看待这个问题,而我是从自己的角度看待。

她已经走了,其他的又有什么意义呢?去他的一切!我只是木然地盯着前方,静静地坐着。他们是快是慢,还是永远抵达不了,对我来说都一样。

我们终于到了巴萨黑·安戈斯塔街,警车纵向停靠,堵住了整条街。这条街只有车的挡风玻璃到后门的铰链那么长,车的尾部只能停在与其他街道重叠的地方。如果说之前的那些街道狭窄,现在一比较,它们简直算得上阅兵场。这条街就像两栋并排而立的大楼中间留下的一条小裂缝。我们只能胡乱将车强行挤进这条小街道,所以不是车毂盖和汽车挡泥板脱落,就是两侧墙壁上的石灰脱落。

我们一停车,整条街道更是被围观人群堵得水泄不通,没有什么比人墙更加坚不可摧。

阿科斯塔先下车,在人群中拨开一条缝。

"埃斯科特,就是这里,对吧?"他高声问。

我这才从前方收回视线,茫然地转过头。"是这里。"

他用手肘钩着我下车,站到他旁边,另一个警察也下车了,站在我身后。他们俩分别押着我,一人一边,推着我往前走。一个拽着我的外套衣领,另一个抓着我的袖子,完全像对待犯人一样。街道太窄,不能三个人并肩而行,我们只能稍微侧着走,我在中间。其他人待在车里。

这条街越走越宽，虽然只是比路口处宽了些许而已。四周乌烟瘴气，飘散着阿魏胶的药味，焚烧皮革的焦味，还有下水道背风面的臭味。路上并不是一片漆黑，而是斑驳的黑暗。每经过几个院子，仍在营业的货摊或过道上都亮着一盏煤油灯、一根煤油火炬或一盏中国纸灯笼，发出微亮的灯光。这些灯光透过反射物，折射出不同的颜色：有橘色的，有黄绿色的，有时候又有点紫红色，投在肮脏的墙壁上，像葡萄汁一般。不要误会，这些都只是影子而已，是我在黑暗中的自娱自乐罢了。

街上穿着毡拖鞋和黑色羊驼裤的行人贴着墙壁慢慢挪动，给我们让路。我们一走过去，他们立刻回头，好奇地盯着我们。有时他们还会尾随而来，总是被最后面的警官粗鲁地喝退。

有一次，过道上突然伸出一个指示牌或钢铁支架——我不确定是什么——钩掉了我的帽子，他们让我停下来，一位警察捡起帽子还给我。

我们到了。即使一片漆黑，我还是一抬头便认出了，虽然我只来过一次。这里只有一条过道，没有橱窗，但比其他地方宽敞明亮。过道两边垂直贴着一些黑色砂纸，砂纸上一边是漆金的中国象形文字，另一边是西班牙字母。两边对我来说都无异于天书。

我们拐进过道走进去。这条小巷延伸得很远，也散发着一股难闻的气味。没有之前的那么刺激，有点像焚香的味道——虽然是沉香——其实像檀香和旧箱子的腐味。

我们紧挨着彼此停下来,像三节火车厢一样。

阿科斯塔简明扼要地问道:"埃斯科特,是这里吗?"

"是这里。"我也略显疲倦。

"你上岸后是怎么找到这么偏僻的地方?根本不在主街上。"

"不是我们找的,是一位马车夫带我们来的。他拉着我们,一路上都在游说我们。最后为了摆脱他,我们才同意来这儿。"

她根本不想来——我现在还记得——是我想来的。我想送她一份小礼物,庆祝我们着陆,刚好我对附近也不熟悉。"我们快离开这偏僻之地吧,"她不安地催道,"这里整个村庄都很偏僻。"我安慰她说:"很快,我们就进去转转。"

"是吗?"阿科斯塔怀疑地冷哼一声。

和第一次来时一样,这里依旧死气沉沉。所有的陈设也都一模一样,架子上摆着皂石佛像,雕刻的柚木盒子,黄铜骨灰盆,还有各种象牙制品。椽子上挂着一排小桔灯,每个灯笼上都印有一个黑色的字。跟上次一样,一位胖胖的,长得像丘比特一样的中国男人正坐在角落里的椅子上打盹儿。他那一小撮白胡子离上唇几乎要有一英尺,袖子绑在腹部,头戴一顶无边便帽,双脚穿着拖鞋,搭在凳子的脚蹬横木上。因为手臂没套进袖子里,所以他每呼吸一次,袖子就会上下起伏。

"嘿,老板!"阿科斯塔粗鲁地唤醒他。

在他温和的脸庞上,睁开了两条缝,仿佛两个重音符号。如果没人叫唤，他应该会纹丝不动，只有偶尔的眨眼，证明他还活着。

"请进。"他淡淡地开口，解开中间的袖子，伸出一双鸡爪般枯黄的手，朝屋子的其他三个方向指了指。他想传达的意思是：请自便吧，看见喜欢的再叫醒我也不迟。

阿科斯塔当然不会就此罢手，他可是高高在上的警察。

"快起来，"他厉声喝道，"走到这边来！"

这似乎很费劲。我不知道他一开始怎么坐上去的，下来极其麻烦。首先，他用力"砰"的一声蹬掉拖鞋。他的脚是我见过的肥胖男人里最小的脚。然后，背部顶着椅子，慢慢地挺动腰部。最后，挣扎着将头和手臂挪下来。

他终于完全站起来了，只到我们肩膀那么高。他摇摇摆摆地走过来，像果冻一样左右晃动，讨好似的点头哈腰。我突然间灵光一闪，觉得他特别像一位舞台剧男演员，他肯定演过戏。警察也是和我们一样的普通人，为什么要像迎福神一样呢？我及时拉回了思绪。我为什么在乎他像什么？不管怎样，接下来发生的事才和我息息相关。

阿科斯塔问道："你就是秦先生？"

他满脸堆笑，摇摇晃晃转了一圈，伸出一根手指指着自己，说道："正是鄙人，很乐意为您效劳。"

我明白了，原来"蒂奥"这个前缀不是他的中文名。我后来才发现，"蒂奥"在西班牙语中是"叔叔"的意思。不管是生意上，还是日常绰号,都有人亲昵地称他为"秦叔叔"。

"如果是谈论我的事,"我请求道,"能不能用英文?他会说一些英文,上次和我说的就是英文。"

他缩缩头,仿佛受到了恭维。"只会一点点。"他谦虚地说。"你骗人!"我在心里默默反驳。他说得很熟练,没人比得过。

"仔细看看这个男人,"阿科斯塔扫了一眼他眉毛下的那两条缝,"今晚早些时候,他是不是来过这里?"

"是的,这位先生来过。"他那撮胡子也跟着上下摆动。

"他买东西了吗?"

"是的,买了。"

"好吧!告诉我们,他买了什么?"

"先生买了把刀子。"

这没错,我从来没否认过。

"描述下那把刀子。你知道英文'描述'是什么意思吧?"

他惬意地坐在火炉边。"哦,当然了!装饰刀,带着玉柄。可以打开信封,可以切水果,也可以挂在墙上。"

"描述一下玉柄。"

关键时刻到了!我竟然没有自己以为的那般无所谓。我微微抬起下巴,目不转睛地盯着他。

他一点点娓娓道来,我惊讶于他为什么记得如此清晰。

"玉柄上刻着一只猴子。"

"这些我们都知道!描述下那只猴子!"

他双手掩面,似乎在回忆。"应该是一只手捂眼睛的猴子。"

我竟一时没反应过来。我的人生好像总是慢半拍,就连她的死,我也是最后一个才知道。直到阿科斯塔和另一位警察互相点头,摆出一副"我早说过"的表情时,我才恍然大悟。

最后一丝希望也破灭了,我感觉陷入一片黑暗中。我低声咆哮,从不知道自己竟拥有这般嗓音——好像是从脚底慢慢升腾而起。"你疯了!你居心何在!你到底想对我做什么,你个大胖子?"我奋力扑向他,两位古巴警察紧紧地拦住我。我挣扎着踢翻了一张柚木小凳子,上面摆放着的黄铜制品散落一地,好像敲响警钟一般。"我买的是手捂耳朵的猴子!你明明知道!你看见我——"

他们喝止了我,他们来解决。

"咳!现在,放轻松,"阿科斯塔说道。他镇定的外表下是一闪而过的坚定。他曲指从前面掐住我的脖子,逼我后退,另一位警察则抓着我的胳膊往后拧,他们对待我依然像犯人一样。

蒂奥·秦亲切地耸耸肩。"刀具一套三把,"他说,"一把卖给了这位先生,其他的都还在,可以给你们看。"

"睁眼说瞎话!"我朝他破口大骂。我的胳膊像一个曲轴般,在身后又被拧了四分之一圈。我不得不咽下剩余的话,否则接下来就该轮到骂他母亲了。

他步履蹒跚,走到一个储物柜前,往后滑开两块嵌板,在里面不停地摸索。他的手伸到最后面,纸灯笼照不到,光线昏暗。

他回来时,胳膊里塞着一卷厚厚的夹层丝绸。我知道这是什么,我之前见过。但我不明白用它如何证明。我知道里面肯定缺了一把刀子,就是我从这里带走的那把。

"这是从香港进口的,"他介绍道,"经由巴拿马运送过来。只订了三套,太贵了,都卖不出去,没需求。有西班牙语和中文两种发货清单,都可以证明店里只定了三套。稍后给你们看发货清单。"

他先打开那卷丝绸,它的两端都系得紧紧的。丝绸渐渐铺开,形成一个长方形,或者,更准确地说,是长条形。夹层内部上下并列着两排丝圈,上排挂着刀柄,下排则是刀片。所有刀柄都无一例外地刻成猴子的形状。一共有三套一模一样的刀具,只是材质有所不同,分别是:象牙、黑檀木和玉。这里有八把:三把象牙的,三把黑檀木的,两把玉制的。其中一把玉制的已经被取出来,所以空了一块。留下来的两把玉制刀柄,小猴子形状分别是手捂嘴巴和手捂耳朵——那把我分明已经买下来,包装好并放在口袋里带走的刀子!

"看到了吧?"他满脸堆笑。

"所以?"阿科斯塔对我说。

我一直剧烈地挣扎,就像旗杆上飘扬的红旗,企图挣脱束缚。"你是个骗子!"我朝他大吼,"你耍了我,一定是这样!我不知道你怎么做到的，但是——"

"什么也没做，"他委屈地反抗道，"我只是展示给你们看。"

"是吗，但我得做些什么，"我怒不可遏地吼道，"我想给你一脚！"我朝他的肚子用力踹去，最终还是踢空了，他们一直拖着我往后退。

"安静！"阿科斯塔咆哮道，手背对着我的牙齿就是一拳。

我根本没感觉，所有的愤怒都集中在那个哭丧着脸的男人身上。"你明明有听到我问她！你甚至将那卷东西送到她面前，打开让她挑选！你也听到她说买哪一把！你还看着我拿出来，递给你包装！你拿去柜台的时候一定动了什么手脚——"

"以防万一，我当时将其余的刀子都放在你这儿，只取了一把去包装。你们离开后我才收起来。可能你拿错了，我没动过。"

这是真的，他确实这么做。我一时无话可说。他们一定觉得很糟糕，争吵过程中一直审视着我。我无所谓。反正对他们来说，我已经十恶不赦，现在只是罪证确凿而已。

阿科斯塔厌烦地推了我一把。"没完没了地吵下去有用吗？除了你，根本没有其他人来买过刀子。况且，你说你买的那把，怎么又好端端地回到店里了？认罪吧！因为你是异国人，我们已经对你很仁慈了，尽可能给你提供机会澄清自己。一个小时前你就该被关起来了！"

"不要给我任何施舍！"我低声吼道，怒火中烧。

他又去问了秦一两个问题。我猜,是为了做笔录。

"告诉我,他们当时做了什么,那两个人,进来店里的时候?"

"和大多数买家一样,没什么特别之处。女士四周转动,到处摸一摸。先生站得笔挺,不怎么走动。"

"是他先问有没有卖刀子,还是你先介绍的?"

"他问有没有女士和服。我拿给他看,他们仔细挑选,然后付钱包装。女士随后又在角落里看一些小物件。"

"后来呢?"可以看出,阿科斯塔越来越感兴趣。我开始为下一次爆发积蓄力量,因为我预感他又要撒谎了。

"后来那位先生问道:'你们这儿有卖刀子之类的东西吗?'他把声音压得很低。我也小声回答他,因为他就站在我面前。和别人面对面说话,总不会用喊的吧!"

"然后?"

"我拿出一套。他取出一把,好像在看锋不锋利。"

阿科斯塔洗耳恭听。

"他拿着刀子走向女士。他当时这么做。"

他假装自己手里有一把刀,阿科斯塔是那位女士。他背着手走过去,猛地抽刀朝阿科斯塔的心脏刺去,刀子从他的臀部侧向伸出。"就在即将刺到她的那一刻,他及时收住了手。他说:'这是你应得的!'"

"那那位女士呢?"

"她双眼紧闭,说了几句英文。没有人听得懂,没有人英文那么好。"

"她看起来害怕吗?"

"可能,害怕吧——不知道。"

她当时说的是:"能死在你手里,我很乐意。"我们俩纯粹是在嬉笑玩闹,他却扭曲事实,断章取义地只描述了那个动作。他遗漏了我们深情款款的眼神。该怎么说呢!他也漏掉了那一幕——我也不知道怎么说,应该叫"激情"吧——我情不自禁地吻了她,她也回吻了我。他只字未提我戏谑的语气和她夺眶而出的眼泪。

他成功地使我僵化在原地。

疾风骤雨并没有来。怎么可能呢?他根本没有说出全部的事实!他根本是在扭曲真相!我又能奈他何?我被紧紧压制着。

我盯着他,思绪万千。你这么做是故意的吗?目的是什么?你扭曲真相能获得什么?难道是我运气不好?你只是半梦半醒,所以说了些不符事实的胡话?

他看起来昏昏欲睡,那么慈眉善目,和蔼可亲。这个词用来形容他再恰当不过——和蔼可亲。

两位警察押着我出去了。现在已经没他的事了,他和我们道别后又步履蹒跚地走向角落里的凳子,这期间他的头摇晃了16次。

在过道里,我最后一次回头看他。和我们刚进门时一样,他又坐在了椅子上。拖鞋勾在脚蹬横木上,袖子重新绑在腹部,脸上的沟壑更密集了。我们还没跨出大门,他已经开始打瞌睡了。

我满怀恶意地盯着他,视线突然被阿科斯塔挡住了。他拽着我的衣领,推着我趔趔趄趄地往前走。

"快点,埃斯科特,"他冷冷地说,"往前直走。"

"听着,"我咬牙切齿地说道,"我已经被捕,很快就要收押入监。你应该满意了吧!我现在只求一件事!你至少要叫对我的名字,是'斯科特',不是'埃斯科特'!"

"不要担心,你会拥有正确的名字,"他承诺道,"也会得到应得的一切。"

## 机智脱身

我们穿过小巷，原路返回警车停放的位置。我边走边思考这整件事。此时此刻，走到这里才开始仔细思考，未免有点可笑了，但总好过蹲在监狱的牢房里再想！这段旅途的另一端，等待我的将是黑暗的牢房。现在的我还能自由行走，呼吸新鲜的空气，看见外面的精彩世界。我可以想象监狱里的样子，有点像电影《在西班牙的日子》，整日困在三尺厚的围墙里，一进去就是一辈子。

我深思熟虑后做出一个决定。我不能为自己没做过的事进监狱！相反，我得去停尸房查清真相，否则我的余生只能在逃亡中度过。现在，我面临的选择只有这两个。我不能进监狱，不能被动地默认罪名，正如我现在一步步被动地走向监狱。

反正她已经走了，我还在乎什么？我要给他们制造点麻烦，让他们为自己的愚蠢付出应有的代价。这股火我必须发泄出来，而对象只有他们。

我想，在他们看来，竭尽全力取证已经算仁至义尽了。也许，正如阿科斯塔所言，因为我是异国人吧！他们没有先给我定罪，而是带我来见这位中国商人。他们提供了所有能提供的机会，让我洗清嫌疑，所以即使不成功，也不是他们的错；只是——好吧，只是运气不好，我猜。他们已经提供了所有机会，除了最主要的一个——我的行动自由。我不能要求他们给我，所以——我只能不征求同意，自己争取。

如果可以的话，设法在街上下车，尽量靠窗坐。但是一旦上车，逃跑计划就遥遥无期了。我脑海里突然冒出一个更好的主意。

机不可失，趁他们还没将我带回车里。车里还有好几位警察候着，我的胜算就更小了。况且这次是开往警察总局，他们可能会给我戴上手铐。我也想不通，为什么到现在我还没被铐上手铐。也许向秦求证之前，还不算完全逮捕吧！现在，人证物证齐全。如果说有什么区别，应该就是戴上手铐看着更像罪犯吧！但是不管戴没戴，这里都是逃跑的最佳地段。

我们还是纵向单行往回走。我在中间，阿科斯塔紧随其后，另一位警察在前面带路。我知道，他们俩都佩戴枪支，全副武装。

我并不是很在乎。自从失去她，我的价值观就颠覆了。子弹也许会使我倒下，也许不能，但这又有什么关系呢？

警车堵住了巷尾，再往前走就出去了。现在只有两种选择：往后或往旁边的支路跑，躲进那些破落的房子里。往后跑似乎是最佳选择，但我有点担忧。就我所知，巷头并不是通往大道，尽头可能只是一些旮旯角。我不仅得躲藏好，还得身手敏捷，否则很容易中枪。往后只有这一条羊肠小道，两边封闭的墙壁只会使他们的子弹像追击枪般百发百中。

只剩一种选择了，就是侧面那些黑暗凶险的小道。因为我的犹豫不决，已经错过很多条，现在所剩无几。很快我们就要出巷口了。现在还剩两条侧道，左右各一条，都是昏暗狭窄，看起来大抵相似。

真是难以抉择！后来的我经常想，如果当时我选的是左边，而不是右边，又会发生什么？两条小道都隐藏在昏暗无光的巷子里，一条意味着生，一条意味着死。

我选了右边。

休息的时间过得飞快，大家都一言不发。一分钟后继续前行，阿科斯塔仍像之前一样，抓着我的袖子和衣领。前面的那位警察有点松懈，只是反手拽着我的手腕。

我突然停下，弯腰蹲伏在地上。阿科斯塔也一时失去平衡，摇摇晃晃地倒在我背上。

我反手扣住他来个过肩摔，又紧紧地抓住他，用后背和胳膊举起来。他一个筋斗翻到我面前，正好双膝跪地撞上另一位警察。他们俩一时间慌乱无助，手忙脚乱。说时迟那时快，我已经消失在小道里。

第一声枪声从空巷里传来时，我已经安全躲到枪支打不到的地方了。我的脚勾在一个隐蔽的楼梯木阶上，人先倒立，双脚腾空，然后"三条腿"保持平衡。也就是说，用另一只手撑在墙壁上。

他们看见了我往哪个方向跑，所以紧追不舍。信号曳光弹打中楼梯，发出黄色的火光，真正的子弹紧随其后。

第二声枪声立即响起，但这个"立即"有点迟，正如第一次，我已经敏捷地转弯避过。我听见子弹射进墙壁，发出轻微的爆裂声，就像孩子嘴里吹泡泡糖的声音。

转弯幅度太大，差点将自己甩出去。我赶紧抓住另一边墙壁，那边的楼梯更高。我没有停，不知所措地一直往上爬，因为脑门上的蓝光意味着曳光弹已经瞄准。蓝光逐渐暗淡，直至消失。我又成功转了个弯，光点也又一次瞄准我。

渐渐暗淡的光点一直追随着我，但每次都慢了一点。它每次只能直线瞄准，而我总是曲线前进。他们打算用曳光弹瞄准再开枪，这道光意味着死亡光线。每次刚停留过的墙壁，下一秒就被子弹射穿，而我总是幸运地躲过。

这道光甚至对我有所帮助。能在一片漆黑中指引方向，至少可以判断出哪里有墙壁，哪里没有，还可以照射出棺材形状的大门轮廓。

第三次转弯,也是最后一次,终于快摆脱这致命的光点了。小道的末端有个天花板,上面有个方形出口直通屋顶,可以看夜空中的星星。那里挂着一架生锈的梯子,缠绕着铁链。星光倾泻而下,仿佛是最后的晨曦。

我知道我永远不会有时间看了。如果不幸的话,可能是吧!铁链能缠住我,承载我的重量。他们的手臂也许够不到我,但是子弹可以。他们可能会拉住我的脚或身体其他部位。他们很快就要追上了,身后的夺命光点又出现,预兆着即将来临的灾难。

我故意把帽子放在梯子上。它落到梯脚下,看着好似我在攀爬时掉下的。黑暗中有块深色长方形,我抓住上面的门把试图打开,但一直不成功,也许锁着,也许门内堵住了。光点越来越亮,渐渐升高,直至和我在同一条线上。旁边有另一块深色长方形,我推开门竟然进去了。

就在关门的瞬间,曳光弹瞄准了旁边那扇门。虽然我没亲眼所见,但门缝突然变成青灰色,随着光点消失又逐渐变暗。

我紧紧靠在门后,光点一消失就听见他们的脚步声由远及近。然后有人压低嗓子说话,似乎捡到了我掉落的帽子,又听见几句不懂的西班牙语。我想,他们大概在爬梯子,因为锁链发出"咯吱咯吱"声。

他们一个接一个地往上爬,铁链松散的一端垂到地面,就像狗狗不停摇动的尾巴。

然后声音逐渐消失，他们一定已经爬上屋顶了。

我又燃起一丝希望，就是悄悄溜出去，回到他们身后的街道上，但是这微弱的希望很快便破灭了。一个声音从外面传来，回荡在整条街道，应该在询问什么。其中一个人回到屋顶边缘往下喊，似乎在回答。毫无疑问，是让他待在原地，看守出口。这意味着车里的其他两位警察听到枪声也出动了。我现在是腹背受敌，被困在这里了。

我双手覆在门缝上，一手高举过头，一手稍微低点，转头想在黑暗中看清这是哪里。周围只有一团漆黑笼罩着我。一丝光线都没有，一点轮廓也看不见，像在隧道里，又像在坟墓里。我转身紧贴着门，时刻警惕门外的动静。

但我必须在这一片漆黑中找到标识物，于是频频回头，忐忑不安地四处张望。本该有光线才看得见，而我却在无尽的黑暗中搜寻。

我终于找到了，一个具体看得见的东西。只是黑暗中的一粒红色微尘，悬浮在空中的一个圆点，像忘记落地而停留在半空的火花。

我小心翼翼地观察它。它一动不动，我也纹丝未动。我甚至屏住呼吸，生怕一呼吸它就不见了。

我目不转睛地盯着，头脑高速运转，突然便明白了。那是一根点燃的香烟，某人嘴里正在抽的香烟。只要你盯得久一点，就会发现细微的、不易察觉的闪动。光亮变模糊，变暗，变小；又出现，变清晰，变亮，变大。后面有气息，应该像我一样正屏住呼吸。不可能完全停止呼吸，应该是尽量压制着。那边有一个人，就在我对面，在黑暗中一动不动，十分警惕。

针头般的红点，出卖了它自己。它突然升高，直线上升两尺左右，然后又静止不动。我懂了！那个吸烟者站起来了。他原来可能是坐着、蹲着或靠着，现在站直了，站得笔直。

这一切悄无声息，一气呵成。他试图隐藏自己，不让人察觉，但不知道自己已经暴露。这红色烟头应该是个疏忽，也许是常年的习惯让他无意识地抽起闷烟。

我恍恍惚惚地看着，移不开双眼。它像一颗凝聚危险的红珠子，又像蛇的眼睛一样盯着我。我感觉脊背僵硬，头皮发麻。

有点奇怪，红点一直保持在那个高度。我贴在门边，肩胛骨堵住门缝。随着烟灰的累积，它燃着燃着就变暗了。随后猛吸一口气，又变亮了。

它开始动了，呈波浪形起伏，朝我的方向移动。这次，它上升和靠近的速度都很慢，不像之前又直又快。它渐渐变大，如豌豆般大小，像浮标上的一个红灯笼，在黑暗中踏浪而来。

它如幽灵一般，令人毛骨悚然。我呆立原地，不知道还能做什么。一条膝盖开始不由自主地颤抖，我双腿并拢尽量克制自己。

它离我越来越近，越来越近，马上就逼近我的脸了。我甚至能感受到它散发出来的热量，吹拂在我的脸颊上，大约一角硬币大小。我想，这应该只是想象吧，但我能真切地感受到。

四周死一般的沉寂快要把人逼疯了——他和我都一言不发。双方僵持着，没有人——我和这位未知者——想先开口打破这份寂静。我等他，他也在等我。

我感觉自己的上唇不由自主地贴近犬齿。并不是想咆哮，这只是一种返祖性的冲动。毕竟，这里漆黑一片，眼前又是未知者，还有什么方式能表达我的抗议呢？

我的胸腔微微起伏，积蓄力量以应对即将爆发的恶战；双臂交叉，做好格斗和摔跤的准备。

一个冰凉的金属物突然架在我的脖子上，很尖锐——像钢笔的笔尖，像狐狸的尖齿，又像尖利的指甲，只要稍稍用力，就能刺穿皮肤，滑进身体。但这不是笔尖、尖齿或指甲，而是锋利的刀刃！稍一用力，就能钉在门上。

预期的血没有流下来，刀子分毫不差地停下来。它就像手术刀一样，利落干脆，一点儿不颤抖，难以想象一只手可以拿得这么稳。刀柄上没有雕刻猴子，只是一把家用的普通刀子。

烟头轻微摇晃，但刀锋并没有随之颤动，说明这两者是分开的，不互相影响。我得猜下这是什么。

一缕风轻轻拂过我汗涔涔的脸，似乎是一只手臂举过我的头顶。这是另一只手，不是那只握着刀子的手。与视线齐平处，发出嫩叶折断的声音，"嚓"地一声点燃火柴，像火箭发射一般。这突如其来的光亮让我吓一跳。

上下乱窜的火焰渐渐平稳下来,越来越靠近两张脸。逆光下,眼前那张脸像摄影底片一般在黑暗中逐渐清晰。

# 神秘女子


原来是位女士。

她的脸在微光下白里透亮。这是位典型的古巴人：高高的加勒比颧骨，光滑笔直的黑长发分成两半，盘在耳朵后面，饱满的嘴唇像油漆般鲜艳，饼干色的皮肤，乌黑发亮的眼睛，也许是大眼睛，但此刻眯成两条缝，燃烧着危险的火焰。

她围着一条长方形披巾，不是西班牙舞者常围的那种绣满玫瑰的浪漫披巾，而是低廉破旧的黑棉布，破了好几个口子，也许是被指甲或什么划到了。双臂露出一点里面随意搭配的螺旋图案布料，下身穿一条红色印花棉布短衬裙，裙摆若隐若现。再往下是一双粉色的棉质长筒袜,看起来不是很干净。脚上拖着一双当地的廉价"莫卡辛"软皮鞋或便鞋——我也不知道是什么——感觉是草底鞋子,没有脚后跟,也没有拱形鞋面。我并没有低头仔细观察,只是扫了一眼。我只能仰着头,因为脖子上还架着把刀呢!

火柴的光亮经过刀片反射,直射进我的双眼。脖子一动不动,都快抽筋了。我很好奇,四周黑漆漆的,她为何能如此准确地挟住我?是熟能生巧还是碰巧而已呢?

哦,还有一件事:暴露她行踪的根本不是香烟,而是当地的一种雪茄,现在只剩四分之一的长度。她能一口气抽好几口雪茄,并且没有任何不适。我见过那么多男性抽雪茄,都比不过她。

缭绕的烟雾后面,传来一个充满敌意的声音。虽然听不懂,但能从音调猜出个大概。"怎么了?什么事?"看来事情有点棘手。声音虽然刺耳,依然能分辨出是位年轻女子。

她又说了些什么,我猜应该是:"不要动!"她抽出拿火柴的那只手,也许是火柴燃完了,周围又陷入一片漆黑。刀子没有丝毫移动,我也不敢动。她从披巾里拿出一根新火柴,单手用指甲划一下,又恢复了光明。

我看得出来,她还在等我回答。迟迟不肯放下的刀子也说明,非得到答案不可。她残忍冷酷,周遭散发出不友好的气息。

"放轻松,放轻松,"我说,"外面有人追我。我不会说你们的语言。先把刀子放下,可以吗?"我不敢使用肢体语言,只能用言语沟通。

"哦，你是美国人？"她的下嘴唇动了动。刀子依然分毫不动，稳稳地悬着。她的肌肉控制很不错，臂力很好。脸上没有一丝内疚的表情。

我试图转动眼珠交流。这是我唯一能安全移动的身体部位，因为她紧紧地钳制着我。"警察——你懂我的意思吗？在外面的楼梯上。我不知道怎么表达。警察，他们在追我。"

出乎我的意料，她竟然会说英语，而且说得很好。这个"好"并不是指像教科书里那般规范。在这样一个贫民窟，英语说得这么流利，已经很好了。"警察吗？"她的脸色突然变了，脸上写满了厌恶。我想，这应该是个人仇恨。她的双眼布满怒火，眯成两条线，就像有人提着她的耳朵。"你为什么被追？我最讨厌警察了。"她忿忿地说。

刀子往后退了一点点，脖子上的压痕也渐渐恢复。

"他们的敌人，就是我的朋友。"

刀子突然从我们俩中间移开。我不知道去哪儿了，来不及细看。她眼疾手快，也许插到长筒袜上，也许别在披巾下的腰带里。于我而言，它的消失是最令人兴奋的事；至于到哪儿去了，我并不感兴趣。

终于能畅快地呼吸了，虽然只有四五分钟，我却觉得像半小时那么久。

"我不知道你会英语。"我说。

"怎么不会？为了入籍文件，我在你们的监狱蹲了很久。"她的回答中有几分愠怒。

火柴又燃尽了，我们再次陷入黑暗中。她用指甲划亮一根新火柴，点燃一支形状奇怪的蜡烛并插入一个绿色的啤酒瓶颈中。方圆几尺都笼罩在朦胧的烛光下，但我们的头顶依然是一片漆黑。

她用力把我推到一边，站到我的位置，贴着门缝侧头细听。

"你到那边去。如果有人追来，我会尽我所能。"

他们动静很大。屋顶的铅板传来来回走动的脚步声，天花板发出滑稽、空洞的声音，像鼓声，又像隆隆的雷声。

她小声地用西班牙语说了一两个人名。我能猜出来：族谱名称。

她抬脚在门下摸索着什么。房间突然亮了，我这才看清那里有个门闩。她插好窗台上的插座，转身穿过屋子，走到窗边拉上一块方形大油布，遮住这不起眼的窗户。

这是我第一次在灯光下见到她，之前都是在黑暗中。她迎面走来的这一刻，令人不由自主地想起"举步维艰"这个词。她没有挺翘的臀部，也并不婀娜性感，身材平平，没有曲线，完全是截然相反的风格，傲慢不羁，目空一切。她的两条腿好像上了锁似的，走路时先直挺挺地伸出一条腿，膝盖没有一点弯曲，整个人的重量都压在上面，再迈出另一条腿。不知道为什么，我突然联想起不断转动的汽车齿轮。她走路的姿势，仿佛臀骨碎裂一般。

我试图想象一个男人与她携手在街上闲逛的画面，发现根本不可能。她只能深夜一个人艰难地前行，人们碰到她都会绕道而行。

看着她朝我走来，我暗自庆幸，还好有她支持我。

她两根手指挑起油布，小心翼翼地探头往外瞥。"下面大概有20个人，就像臭虫一样密密麻麻的。你绝不可能逃出去。"

她放手转身，边走边摇头。"你落在他们手上，一定很惨。"她将雪茄烟蒂扔到地板上，一脚踩灭，伸手到披巾里，从刚才拿火柴的地方取出一根雪茄，在手掌上快速搓好。她慢慢踱到烛台边将其点燃，这期间只隔了十秒钟，她又开始抽了。

"你对这座小镇熟悉吗？"她一边吞云吐雾一边问。

"今晚6点之前，从未来过。"

"你真是挑了个好地方。如果你真能从这里逃脱，打算去哪里呢？"

"你问倒我了，"我承认，"我想去——好吧——只能走一步看一步。"

她又吐出一团烟雾。"我在杰克逊维尔（美国弗罗里达州东北部港口城市）试过，但行不通。现在，你可能会被逮捕，也可能顺利逃脱。走一步看一步只是暂时的，绕一圈最终还是会进警察局。"

"这地方四面环水？"

她挑眉表示同意，似乎在沉思。

"警察为什么追你？"她突然问道，双臂紧紧地裹住披巾。

"他们说我杀了我心爱的女人。"

"是真的吗？"

"简直是一派胡言！"

"这只是你的一面之词。有人想把她从你身边抢走吗？"

"是我从另一个人那里抢走她。"

"就算是傻瓜也知道你不是凶手，就这些警察不知道。你不会杀掉不属于你的人。"

"他们要是知道就好了！"我咕哝道，双手无奈地插入口袋。

她若有所思地吐出一口烟。"这得从长计议，但这里确是藏身的好地方。"

"我不能连累你，"我低吼道，"我会尽快离开。你不欠我什么，怎么能让你陷入困境？"

她朝我扬手一挥。"别自作多情了。我做这一切不是为了你，只是与他们对抗而已。"她一激动说了几句西班牙语，眼里又燃起怒火。

外面安静了一会儿，突然又嘈杂起来。他们一定已经将屋顶翻个底朝天，铅板传来沉重的脚步声，有点像敲打洗衣盆的声音。梯子上的锁链也开始嘎吱作响。

"该来的还是来了。"我说。

她用力抛出雪茄。只要她愿意，还是可以走得很快。她从我眼前晃过，一把拽住我的衣袖。"快来这里，过来这里，躺在这张小床上。我来掩护你。解下腰带，把衣服都脱掉。"

我一头雾水，但还是照做了。因为时间紧迫，他们就在外面的梯脚下商量对策，制定追捕方案。

她的身影又没入黑暗中，走到这偌大的仓库似的房间一角。我听到木质抽屉拉开的声音。"当时和曼诺里托在一起，他那件圆点衬衫呢？"

我像拉拉链般将衬衫从上往下扯，纽扣全部崩开。

他们已经渐渐逼近，外面传来猛烈的敲门声。可能是楼上的门，也可能是楼下的——我不确定。

她急匆匆地走过来。

"还有背心。"她说。

我将背心也一并脱掉。

"现在躺下来，面向墙壁……就是这样，尽量把脸贴近墙壁。不论发生什么，都不要转身。胳膊抬起来覆在头上，对，这样他们就看不到你的脸。等一下，先把外套和脱下来的衣服藏进被子里，他们可能会认出你穿的西装。"

我感到她把衣服都塞进来，然后坐在床沿，对着我光裸的后背。没有任何预兆，一种冰凉的光滑的东西落在我的后背和肩膀，顺着脊椎往下，沿着手臂外侧。我惊得一下子从床上弹起。她一手压下去，厉声喝道："躺平！"又轻声说道："没有时间了。"

她就这样一直轻轻地上下拍打。我从肩膀往下偷偷瞄了一眼,她用口红在我的皮肤上印出硬币大小的红点。我绞尽脑汁也想不明白。眼看口红往我的脊骨上印,我忍不住又跳了起来。这种感觉好像脊髓麻醉一般。

他们已经在隔壁房间,我们甚至能听到隔墙沉重的脚步声。嘈杂的声音说明他们正在翻箱倒柜地搜索。

她把被子盖好,快要遮住我的头。"抓好,不要动来动去的,面朝墙壁。"

她把蜡烛移到房间的另一端,那团笼罩着我们的黑影渐渐拉低,最后投在我身上,分割线恰好落在脖子处。然后,我听到她捡起墙边的一个瓶子,一股浓烈的消毒剂味道扑鼻而来。我用眼角的余光往后瞥,她正匆匆往地面上洒几滴药剂。

他们已经在门口了。敲门声震耳欲聋,仿佛随时会破门而入。有人用西班牙语怒吼着什么。

她从我眼前掠过,似乎在告诉我:就是现在,成败在此一举!我仍然只能从眼角的余光中看她。她裹起披肩,换了一种系法,拉起一端围住头和肩膀,另一端缠绕一圈遮住嘴巴。她回头望了我一眼,我立刻明白了。这换装效果太神奇了!精明干练、雷厉风行的女孩一下子变得郁郁寡欢、楚楚可怜。她也一改之前的走路姿势,变得慢条斯理,谦恭顺从。她不知从哪里顺手抓起一串珠子——不管是什么,反正不是佛珠——戴在披巾上,随后便传来佛珠慢慢转动的声音。我听见她嘴里念念有词，喃喃地祈祷，像喉咙里即将沸腾的水，却一直没达到沸点。她围着披巾的头不停地前倾，十分虔诚。

虽然只是匆匆一瞥，但她所有的举动我都尽收眼底。

我转头面向墙壁，将所有的注意力都集中在听觉上。

她打开门闩，门"嘎吱"一声敞开，立即传来两三个男人的咆哮声，似乎在大声质问。不止原来的两位警察，一定增派了人手。

"嘘——"我听到拖长的嘘声，她在恳求他们小声点。我甚至能想象她小心翼翼地伸出一根手指放在嘴边，但也许她没有。

他们根本不吃这一套。如果配合了，反倒令人大吃一惊呢！

他们直接粗鲁地推开她闯进来，看见光影里的我愣了一下。有人用西班牙语大声问道："他是谁？"显然，不用任何翻译，我也听得懂这句话。

她沉默许久后小声啜泣，带着哭腔回答道："我的丈夫。"她重复了好几遍。我的男人。我是她的男人。

她说完后整个房间陷入沉默，这并不能令人安心，反而是不祥的预兆。我能感到这群狡猾精明的警察全都盯着我，尖锐的目光仿佛穿透被子集中到我身上。这种感觉很难受。我迫使自己一动不动地躺着，维持摆好的姿势。天呐！强行抑制住想动的欲望，连肌肉都紧绷着，真是太难了！这比倒立还辛苦。墙壁上潮湿的石灰散发出一股霉味，直钻进我的鼻子里。我心里忐忑不安，怕一时忍不住打喷嚏，所幸没有。

枕在弯曲的手臂下，我警惕地睁开一只眼，注视着墙壁，就像在汽车里看后视镜一样。烛光投下的分界线渐渐升高，阴影慢慢移动。我知道发生了什么。有人举起蜡烛打算仔细看看我。

她楚楚可怜地哀求，仍无济于事。

我知道接下来会发生什么。随着一个人靠近，墙壁上出现一团模糊的阴影，从底部慢慢爬上来，渐渐变大。他越走越近，墙壁上的轮廓也越来越大，颜色越来越深。脚步声正好停在我的脊背后，确切地说，他就站在我身后，居高临下地俯视我。我吓得竟忘记闭眼，虽然只是面向墙壁半睁着一只眼而已。

墙上的轮廓突然缩短变小，我知道这意味着什么。他正低头俯身，准备近距离检查。我甚至能感受到他的一丝呼吸拂过我的脖颈。

我一直在想，如果她开门前把刀子借给我，我现在就可以一跃而起，抓住他当挡箭牌，逼出一条退路。当然，我清楚地知道，那又能走多远？最远可能就到楼梯口而已，然后就被蹲守在出口的警察逮个正着。

从墙上的投影，我看见他张开紧握的手，在空中停留了一会儿，打算掀开被子将我甩出来，好看清我的脸。

手渐渐放下，我感觉被子一点点抽离。空气钻进我赤裸的后背，侵蚀我的皮肤。

有人惊讶得倒抽一口气，不止一个，而是四五个人异口同声。

墙壁被照耀得很明亮,墙上的影子像装了弹簧似的,突然弹到几尺外。他一定是迅速往后跳,才会退得如此之快。

有人磕磕绊绊地问了个问题。

我听到那个女孩发出一个悦耳的单词。她的舌头微卷,似乎很享受。哇!这真是一个美好的单词!他们的语言很优美,但这个词尤为清脆动听。"VIRUELA(天花)。"她说。

身后立刻传来马一般的嘶叫声,尖叫中带着几分惊恐。有人甚至喊得声音都嘶哑了。一阵急促慌乱的脚步声响起,地板和我躺的小床都开始震动。他们蜂拥而出,迫不及待地逃离这个小屋。你能听到互相推搡,手脚撞在门框上的声音。门打开后冷风吹进来,烛焰在空中突突地乱跳,光影摇摇晃晃,整个房间也忽明忽暗。

门像炸弹般"砰"的一声关上,他们的声音渐行渐远,房间里又只剩我们两人。为了确保万无一失,我仍然躺着不动。

他们惊慌失措地逃到大厅,争先恐后地跑下楼,随着急促莽撞的脚步声,整栋楼似乎都在颤动。

随后传来一阵喧闹,他们应该已经全部跑出大楼,又回到了那条小道。

她没有给任何提示,我慢慢地转身,环顾四周。烛焰还在不停摇曳,试图直起身子。她侧头贴在门后,倾听门外的一举一动。我看见她手指鼻子,一副嗤之以鼻的样子,嘴里念念有词,但这次肯定不是祈祷。

我翻身坐起。"干得漂亮！"我愉快地说。

她转身看我，忽闪着一双大眼睛。"不错，是吧？"她一边得意地说，一边解下头上的披巾，像之前那样穿好，又变回那个精明的女人。这么件小东西有时竟能起大作用，真是太神奇了！她随手便将珠子抛了出去。

她从监听的地方离开，我才注意到门把上悬挂着一小块黄色警示牌。刚才他们"砰"的一声甩上门，它到现在还有点晃动。牌子上的大写字母正是她之前提及的那个美妙的单词：VIRUELA。

"那是什么？"我问她，"它是什么意思？"

"天花，"她漫不经心地说，指甲轻轻弹了一下那个牌子。"卫生局发的，提醒大家不要靠近。你知道的，一种检疫隔离的标牌。本来应该挂在门外，而不是这里，但他们溜得太快了，来不及细想。我就知道，这帮人根本没有勇气将你翻过来，仔细查看你的脸。"

"这招太妙了！"我坐在床沿咧嘴大笑，将衬衫从被子里拉出来，遮住满身的口红印。"这块牌子怎么这么碰巧呢？"

她无所谓地耸耸肩。"落在这儿的，卫生人员上次忘记带走。你看，就在那张小床上，几周前真的有人死于天花。"

我立马弹起来，衣服散落一地。

她看见我惊恐的样子，微微一笑，掸了掸我坐的地方。"不要担心，卫生人员离开前已经用烟熏全面消毒了。从那之后，我自己也一直睡在上面，现在健康得很。最主要的是，它帮助了我们。"

"的确，"我承认道，"不过，还好我现在才知道。"

她打开一个木质抽屉，拿起开门前放进去的未抽完的雪茄。它应该在里面燃烧了挺久才熄灭，抽屉一打开便冒出浓烟。

她在抽屉边缘抖了抖烟灰，插进嘴里，划亮一根随身携带的火柴，就着微弱的灯光点燃雪茄。她又恢复了一贯的放荡不羁，身体斜倚着，手肘和后背靠在木箱子上。

"你一直抽雪茄？"我好奇地问，"抽过香烟吗？"

她不屑地回道："小孩子才抽香烟，我九岁就开始抽雪茄了。"

"哇！"我轻叹道。

"虽然我十岁才开始上瘾。"她一脸稀松平常地说道。

我只是默默地听着。

"我以前在坦帕（美国佛罗里达州西部港口城市）的一家雪茄厂工作，"她继续说道，"就是在那里我学会了抽雪茄。每加工十支，我都会自己抽一支。"

我在昏暗的烛光下系上领带，一直看着她，试图看清她。"刚才为什么帮我？"我好奇地问。

她的一边肩膀轻轻耸了耸。"很多原因。我跟你说过，我讨厌警察，总是和他们作对。他们要抓的人就是我要帮的人，不管是谁。"她抬头盯着一缕飘过的烟，若有所思。"坟上花开吧，我想。"

"什么意思？"

"这不好解释。只是以我的方式，为逝去的人做一些事罢了。

我只能做这些,不知道还有什么方式。我理解失去深爱之人的痛苦,感同身受。就在几周前,就在这个房间,我切身体会过那种痛苦。"

我摸着那张烟熏消毒过的小床。"这就是——"

"是的,他叫曼诺里托。我们犯了点事被驱逐出迈阿密(美国佛罗里达州东南部港口城市),逃到这里依然摆脱不了犯罪记录。警察一直等待时机逮捕我们,尤其是他。他们追捕了好几周,甚至好几个月。他入狱了,还被扣上一些子虚乌有的罪名。后来他们见他病重,就像抛弃一条狗似的将他丢到街上。他奄奄一息地爬回来,才断了最后一口气。"

她深邃的眼里流露出一抹无法形容的悲伤,一闪而过,就像阴沉的夜里,莫罗城堡(位于哈瓦那)上忽隐忽现的灯塔信号。除了眼睛,她依旧一脸冷漠,没有任何表情。

我不知道该说什么,于是转身将衬衫塞进裤腰。"你叫什么名字?"我背对着她问道。

"我的真名?我早就忘记了!每到一个地方,我就换个名字,现在都有十几个了。既然我们在这里相遇,就告诉你现在的名字吧。他们都叫我米提雅·诺奇,因为我总是深夜独自出门游荡——自从他离开后。"

"米提雅——我读得准吗?"

"在西班牙语里是'深夜'的意思,再试一试。"

"原来是这样,"我走过去拍拍她的肩膀,"米提雅,我不知道该说什么,总之——谢谢你!"

"坟上花开。"她低声轻喃道。

我最后戴上帽子,整装完毕。"我想,我得离开了,现在岸边应该没人了。"

"最好别走!还没到第一个街口就会被发现,再次陷入追捕。你要白白浪费我的辛苦吗?"

"我总不能一整晚都在这儿打扰。"

"你还有别的地方可去吗?"

"没有,我不知道——"

"那待在这儿有什么不好?"她伸出一只手,似乎在感受雨滴一般。"你的生活,去留由你自己决定。不过,如果这样的话,为什么不一开始就束手就擒,岂不是轻松许多?"

一点没错,为什么不呢?我借着烛光点燃一支香烟,犹豫不决地走过去,又坐回那张天花小床。即使这张床没有消过毒,我也不在乎了。

我们俩就这样在摇曳的烛光里静静地坐着,相对无言。我抽我的香烟,她抽她的雪茄。两张脸忧郁苍白,若有所思,各有心事,一副失魂落魄的样子。我猜,她在想他,而我也在想她。

她率先打破沉默。"如果你离开这里,打算怎么逃离这个国家?"

"我不知道,一定有办法的——"

"如果你只是逃到这块陆地上的其他地方，又有什么用呢？你还在岛上，四面环水。"

我沮丧地低下头。

"如果你打算走水路，就必须过海关，海港警察会立即逮捕你。这个国家，港口查得比其他地方严多了。"

我扔掉烟头。"看来我只能待在哈瓦那了。"

"好像是这样。如果你决定留在哈瓦那，我再给你30分钟考虑，是留在这里还是出门下楼。"

"我再想想。"我说。

又陷入一阵沉默。我突然抬起头，坚定地说道："我必须留在哈瓦那，洗清罪名，毕竟，我不想为自己没做过的事亡命天涯。一旦逃跑，就得一直东躲西藏。我要待在这里，直到真相水落石出。"

"律法无情。"她冷冷地说。

我百无聊赖，开始玩起自己的手指，弯曲又伸直，好像这是世上最有趣的事。

没过一会儿，她便挪到梳妆台上坐着。"你想跟我说说吗？"她建议道，"反正我们现在也没事儿做。"

我开始告诉她……

## 惊险私奔

我为他工作了一周才看见她,知道她在那里。

至于我是如何获得这份工作的,说来有点滑稽。你可能会觉得,这是天上掉馅饼的好事。我根本没争取过,它就从天而降砸中我。我弯一弯腰便轻而易举地捡到了。

我叫斯科特,来自迈阿密,这是我全部的个人信息。我有衣服,这年头裸奔会被逮捕的。每个季节都有一套,随身携带,利用率可高了。除此之外,我一无所有。哦,不对,还有一层黝黑的皮肤和名下一片沙滩。从某种意义上来讲,这片沙滩的确是我的。严格来说,它是属于这座城市的,但我每晚都能占到一席之地,所以还是有所有权的。有一次，我还赶走了一个人，因为那可是我的地盘。

我以前都很早起床，破晓时分或稍微晚一点。迈阿密的黎明很美，是粉红色和浅蓝色的。我先用公园的喷泉洗脸，再从口袋里掏出断了一半的梳子梳头，最后把外套反过来穿，这样就看不到睡觉的折痕，于是我又焕然一新。

那天早晨我从公园里出来，沿着浅粉色的人行道，踩着自己的影子慢悠悠地走，心想着这条路到底通往何处。途经一家夜总会——应该是叫"金合欢"，当时也没太在意。迈阿密是个灯红酒绿的不夜城。我只记得，这家店规模比较大，装修精美。它可能一个小时前才停止营业。路过门口，还能感受到阵阵热气散出，许是一夜狂欢的热情还没冷却吧！

人行道和路缘石之间的缝里钻出一些绿草，似乎有什么东西躺在里面，一闪一闪的，难以看清。我径直走过，转念一想又折回来，用脚指头翻了翻。它翻过身，原来是个钱包。我弯腰捡起来。

它就离正门偏一点，应该是夜里有人在这里上车，不小心遗落在地。钱包上别着黑色销钉，边角钉着金扣，内衬里的"马克·克罗斯"一目了然。里面装着许多钱，这是我最感兴趣的，大概40美元。

我继续往前走。

其实钱包的主人也不是无处可寻。一打开便能看见透明夹层里的驾照，这是最好的身份证明。埃迪·罗曼，44岁，家住赫莫萨路。

除此之外，还有一些银行卡、记录电话号码的纸条和杂乱的备忘录，字迹潦草，估计只有它的主人才能看懂吧！

但我还是继续走。道德底线和辘辘饥肠在不断地作斗争。我吃早餐从来都是狼吞虎咽，没有透亮的玻璃杯，更没有精致的装盘。此时此刻，我的口袋里仅剩不到1.5美元。

终于，道德底线占了上风。毕竟我并不是食不果腹，所以这也不足为奇。

我连问了三个人才知道这个地址。第一个巡警根本没听说过，至少他是诚实的，敢于承认；第二个倒是听过，但是印象模糊，不记得具体方向；我在途中等了好一会儿，才遇见一位识路的卡车司机。他知道我要徒步过去，深表同情，本想顺路载我一程，奈何是相反的方向。我只能继续走。我突然想起，不违背道德的方式那么多，我为什么选择最艰苦的，还亲自送过去？但我也无事可做，所以没什么差别吧！

终于到了！我感觉自己沿着棕榈滩，几乎绕过了大半条海岸线，但我确实做到了。

我之前见过一些大地方，这附近比比皆是。住在这里的人似乎更是挥金如土，有私人车道，难怪没什么人认识赫莫萨路。房子面朝大海，背对公路，还有一大片私人沙滩。

虽然入口处摆着两个标志，一边一个，提醒行人禁止入内，我还是径直走进去了。

我爬上台阶，走到门口按铃。等了好一会儿，终于有人应声而来。开门的是一个黑人，身着白色亚麻夹克，看着像乡村俱乐部的服务员。

我问道："能见见罗曼先生吗？"

"你有什么事吗？"

我这么大老远过来，才不愿意就在门口还钱走人呢！"我来归还属于他的东西。"

他重新关上门——好像受到几分惊吓的样子——我又等了一会儿。总感觉有人盯着我，但不知道是谁，身在何处，所以也就索性不理了。

那个黑人又打开门。"先进来一下！"他说。从语气听来，只是暂时允许我进来，有点试探和审查的意味。他也没提罗曼先生会不会见我。

我随他进去。他朝楼梯走去，我还没跟上，有人突然挡在我面前，堵住了我的去路。看他的模样，并不像驾照上44岁的罗曼先生。他只到我齐眉的高度，但宽度却宽出许多。皮肤仿佛剥了皮的干柠檬，一样的颜色，一样的坑坑洼洼；头发像擦了鞋油般乌黑发亮；身着一件孩童才会穿的法兰绒抛光布衣裳。他目不转睛地盯着我，眼里却少了些什么。或许已经逝去，或许从未存在过。我向来不善表达，不知道该如何形容。即使是狗的眼里，也有这东西，他却没有。哦，我想，是灵魂吧！他的眼睛让我想起纽扣，想起咖啡豆，坚硬光滑，但仅仅只是物体而已。

他身着黑色的丝绸衬衫，搭着一件芥末色运动夹克，随意敞开着。青筋暴起的双脚拖着一双草屦，这滑稽的搭配却并没让人产生大笑的欲望。

他身上散发出的气场令人毛骨悚然，仿佛面对一条盘绕的响尾蛇。它近在咫尺，甚至不用伸长脸子便能一口咬到你，而你进退两难，因为一旦退后就会打草惊蛇，就是这种感觉。

并不是因为他表现出敌意或威胁。从他的脸上什么也看不出来。他的语调低沉缓慢，不带任何感情色彩；脚上的拖鞋说明他还昏昏欲睡；双手一直轻轻碰到我却不自知。

"是什么消息？"

我一时没反应过来。

他的手背又擦到我的左胸。

他又说道："你刚才在门口说什么？"

"我说我想见罗曼先生，归还属于他的东西。"

"你知道，这可以包括很多东西。"但这话不是对着我说，而是对着那个黑人，他一脚踩在第一个台阶，另一脚踩在第二个台阶。

他的手已经下滑到我的臀部。大概是这个位置，太迅速以至于我并不确定，待低头看时，他已经收回了。

他说："不好意思，你身上沾了点灰尘。"

我一个小时后回想起来，才反应过来那是在搜身，而当时竟全然不察。

一直在楼梯等候的那个黑人终于开口:"乔丹先生,好了吗?"他的神情似乎并不意外。这种事应该已经司空见惯。

他说:"好,他可以上楼了。"

我跟着那位男管家上楼,心想后面这条响尾蛇会不会发出"咝咝"的叫声,但我始终没听到。

他先敲门,说道:"有人找老板。"

门里传出一个声音:"他说可以。"

黑人管家帮我开门,说道:"请进吧!"

这间房间大得出奇,几乎可以忽略墙壁的存在。外面阳台上撑着一顶遮阳篷。

一个男子四仰八叉地躺在椅子上。我看不清他的脸,只见一个理发师男仆在为他理发,还有一个白人女孩卑躬屈膝地跪在一块跪垫上,握着他的一只手。她正拿着一根棉签,轻轻地清理他的指甲缝。

我就站在房间中央,静静地等着。

他说:"鬓角修得齐一点。"

那个男仆单膝跪着,从口袋里取出一把卷尺,在他的头部两侧比划着。

他又说:"耳朵顶端往下四分之一英寸。"

"要有点弧度,我讨厌方角。"

我依然站在那里等着。

"哎哟！"躺椅上的男子突然大喊，一只膝盖微微曲起。不是那个理发师——他站在其身后。

那个女孩惊恐地说："罗曼先生，是您自己动了。"

他在躺椅上坐直，双眼如利剑般射向她，手摊开又握紧。她赶紧从跪垫下来，瑟瑟发抖地伏趴在地上。

"那也是你的问题，"他咆哮道，"反应不够快！"

她开始啜泣。

"滚出去！"他大喊，"别湿了我的阳台！"

她手忙脚乱地捡自己的东西。那个男仆不断地催促她，还上手推着她的背，让她快点出门。他从梳妆台抓起一张钞票递给她。那是一张 10 美元的钞票。"没关系的，小辣椒。"我听到他轻声安慰她，"下次你一定能做得更好，只要注意点就好。他就是这么一个人。"

我默默记住了。

罗曼先生从躺椅上站起来，伸了伸懒腰，跨进房间。他看着也不像驾照上 44 岁该有的模样。癞蛤蟆还不显年龄呢！他身着一件条纹的绸缎睡衣，绿紫相间，就像鱼腹在水中的颜色。睡衣外面还披着一件绸缎长袍，几乎遮住了全身，仅露出裤腿和胸部。长袍图案繁复——我想，那应该是佩斯利涡旋花纹。

他走到镜子前，端详着镜中的自己。我暗想，先生，您的胃口可真好！他抽出一根雪茄，剪好，点燃，似乎此刻才注意到我的存在。

他问："兄弟，有什么我能为你效劳的？"

我说："我想你应该说反了。"于是把钱包递到他眼前。

他惊诧万分，即使打开查看过，依然不相信这是自己的。他问："这不是我的吧？你从哪里得到？"

我如实告诉他。

他似乎还存有疑惑，对那个男仆说道："检查下我昨晚的东西，看看钱包在不在。"

那个男人查看完，回道："老板，消失了，一丝踪迹也没有。"

罗曼说："我从来就没丢过！"他看起来有点紧张，开始里里外外检查钱包里的物件，但不是数钱。

他又打开一个抽屉，拿出另一个皮夹子。这次是个短吻鳄皮革的钱包，他边翻边说："我猜应该在这里。"我见他长舒一口气。

"里面有多少钱？"他冷漠地问道。

"41美元，"我告诉他，"我花了1.5美元买东西吃，所以现在只剩39美元50美分。"

"我又不知道，"他看向那个男仆，问道，"你觉得他是个老实人吗？"他似乎觉得不可置信，倍感好奇。"你能想到吗？他一路走过来就为了还钱包——"

他突然转向我，说道："拿着，这是你的了，朋友。"

我立刻拒绝了。"谢谢您,"我说,"但我两三天就会花完,毕竟——"

"我很感激你,"他说,"想表达谢意。你能做什么?"

我列出一堆零零碎碎的事。"我会一点点园艺、木工、开车……"

他突然打断我:"你为自己争取到了一份工作。"

之前在楼梯口拦住我的那个男人也进来了,不对,应该说他一直就在门口。他好像总是神出鬼没的。

他说:"那克莱伯恩怎么办?要同时雇两个人吗?"

"开除他,"罗曼说,"让他20分钟内滚出这里。"我们俩还没走出房门,他又改变了主意。"15分钟吧,我半小时后出门要用车,不能被他耽误。"

那天是星期四。

我为他工作了一周才见到她,原来她一直在这栋房子里。

我房间的电话响了,乔布的声音从电话另一端传来:"斯科特,把车开过来,两分半内,马上。"他就是一周前领我进门的那个黑人管家。

"好的。"我说。

我以为又是他用车。我披上外套,戴上帽子,把车开到主房的一侧,刹车,下车,打开后车门,全神贯注地站在车旁。他喜欢上车前一切准备就绪。

大门开了,出来一个女孩。

就她一个人。美丽迷人，这么形容一点也不为过。

我不自觉地眨眼，但依然强装镇定。

她慢条斯理地出门，似乎并不在意能不能按时抵达。举止高贵优雅，并不显无精打采。她关上身后的大门，缓缓走下楼梯。

她甚至没抬头看我一眼，一直垂着头。我想，她应该没注意到换了个司机。她根本没看我，又怎么会知道？在她眼里，我可能只是一个深绿色的模糊轮廓吧！

我将她的美印在脑海里。

她穿着一件淡黄色法兰绒连衣裙，没有烦琐的样式，只是简单地从肩部垂到膝盖；腰间系着一条印花缎带；头上戴着同花纹头巾，因此看不见头发，更别说发色了。头巾的两个结分别竖在两端，令人不由自主地联想到小猫粗短的耳朵。右手上戴着一个闪亮的大钻戒，一定是翻遍整座山才挖出来的。

我已经给自己打了预防针。我必须不断提醒自己，她不是我喜欢的类型，也许只是金玉其外，败絮其内。

她轻声说："请开往城里。"声音小得几乎听不见。

我帮她关上车门。她小心翼翼地坐下并摆好裙子，以防留下一丁点褶皱。

我坐进驾驶座，发动汽车。他喜欢快速，但这次载的是她，所以我切换成中速。她似乎不知道，也完全不在乎。

途中，她突然喊道："停一下。"

我停车，往外环视，只有一望无际的大海。从这里望去，碧海蓝天，棕榈树并排两列，宛如世外桃源。

我们俩就这样坐着，不知道过了多久。我从后视镜中望了她一两次。她只是静静地眺望远方。身体微微前倾，双手抚在车窗上，脸上写满渴望和怀念，就像笼中的鸟儿渴望自由一般。

她只是眺望着海天相接的海平线。这条遐想中的线却令人满怀憧憬。

我也一言不发，思绪万千。虽然一直坐立不安，但我还是安静地等候。

过了一会儿，我们继续行驶。我不知道她进去购物还是什么，我在外等她，再送她回去。

返程途中，她和我说了两次话。她突然问道："克莱伯恩去哪儿了？"似乎此时才发现自己坐的是另一个人的车。

"他离开了，小姐。"

她纠正道："是罗曼夫人。"

我大吃一惊，不仅惊讶于她是罗曼夫人，还惊讶于她说话的语气和神情。我以为她只需忍受他三个月，甚至一夜而已，原来竟是一辈子。她满脸愧色，语气充满内疚，就像一个家庭主妇面对一片狼藉的家。"我浑身肮脏，不敢见人。"

她再没开口说任何话。如果说她上车时已经很慢，下车离开则更慢，速度只有原来的一半，几乎是拖着双脚。

电话里又传来乔布的声音:"斯科特,车,两分半。"又是开车,停车……

她说:"这儿停一下。"

我想这应该不是同一个地方,但大同小异。

我一脸疑惑地看着镜子中的她。她好像很害怕,又好像不舒服。直到我跟她说清楚,她才长舒一口气。我甚至能看见,她的胸部随之上下起伏。就像一个人,连呼吸都得小心翼翼,必须逃到这僻静之地;就像一个人,渴望空气,渴望自由的空气;就像一个人,只有在这海天相接的地方,才能放飞思绪。

归途中,她又和我说了两次话。

她说:"顺便问一下,你叫什么名字?"

"斯科特,小姐。"我突然想起之前的事,连忙改口道,"抱歉,我忘记了。斯科特,罗曼夫人。"

"没关系,"她仿佛在对自己说,而不是我,"其实我更喜欢前一种称呼,就那样吧。"

我们本不该日落时分停留在那里。都说月光清冽,寒冷无情,暮色微凉,悲戚伤感。对她而言,没有月光,只有俱乐部里的聚光灯。黄昏时刻,最是多愁善感。看着夕阳西下,暮色降临,仿佛希望渐微,青春落幕,梦想破灭一般。

我看见她的眼眶渐渐湿润,两行泪水顺着脸颊滑落。

我知道自己不该多管闲事,但还是忍不住回头问她:"我能为你做什么吗？"

她的眼神令我心潮澎湃。"让时光倒流回三年前。如若不能，就称呼我'小姐'。如果连这也做不到，那就再说吧！"

在我还没意识到怎么回事之前，已经和她并排坐在后座。

我只是按你说的唤你，你为何如此黯然神伤？

"我喜欢你。我已经喜欢你三周零两天了。从你第一次坐我的车起，我就对你一见倾心。只是后知后觉，现在才意识到。"

我不顾一切地吻上她的唇。"抱歉，不会再有下次了。我明天就辞职。"

她只说了五个字，我们便心照不宣。"别这么对我。"

从那以后，我们闭口不提此事。被爱还是相爱，无须言语表达，应该用心去体会。

三天后，我们又出门到海边。我说："你看，我一无所有。"

"我就喜欢你的一无所有。"

"你确定吗？"

"我确定！我一直在等你。"

"哪里？你想去哪里？"

她靠在我的肩膀上，眺望那条海天相接的海平线。"海的那边是哪里？"

"我想，那里是哈瓦那。"

"我不在乎叫什么。它看起来多么开放，多么自由，多么纯洁。

隔着长长的海峡，再也没人能把我们分开。"

"那么，去哈瓦那？"

"就去哈瓦那。"

"码头正好停着一艘来自纽约的游轮，即将开往哈瓦那。我去了解下出发时间。坐飞机有风险，因为必须先预定，而他们有个习惯，往往会打电话跟你确认航班，有可能会误打给他。当然，轮渡也不是万无一失。它很慢，而他的海湾里有私人大游艇。"

"不要再等了，快点，再快点。死亡之神随时会降临，每一分，每一秒都有可能。哪怕像现在这样，我们只是安静地坐着。不要盯着我，不要深呼吸，不要想太多——直至我们顺利逃脱。"

我想起那条致命的响尾蛇，乔丹，以及令人心有余悸的咝咝声，即使他只是坐在我身后。她说得没错，死亡之神随时会降临。

"如果顺利的话会很快。我周三就开始关注了，我指的是轮船。它们在每个站点停留的时间最多三四天。如果我明天下午没给你回复，那我什么时候能——"

我感受到她挨着我颤抖。"别靠近我！小心点！斯科特，我非常害怕！"

"你能看见我的窗户，我住所的窗户吧？正对着你的房间。"

"是的。我经常盯着它出神，想象接下来会出现什么。在阳光下，它有点像邮票。"

"如果明天下午之前发船，我会在窗后点灯暗示。留意一下。

大概 7 点钟,你上楼换衣服准备吃晚餐的时候。数数灯光闪烁的次数,就是开船的时间点。如果一片漆黑,意味着 24 小时以内不发船。那后一天的晚上就要多留意。"

"马上送我回去吧!已经超时了。几天前,他对我说:'你现在比以前更经常坐车出门了。'现在还没暴露,但这是迟早的事,纸是包不住火的。"

第二天早上,我送他出门。这也是我的日常工作。候车之余,我跑了一趟售票点。他们说应该是当天午夜 12 点发船。我告诉他们,我想要从这里到哈瓦那的票。本来没票,但他们赶了一些人在这里下车,也就是迈阿密。我买了两张票,一张她的,一张我的,分别在两个船舱。不要问我为什么。如果只想安度此生,我就不会在这儿孤注一掷,拿命一搏了。我们想要的更多,前路还很艰辛。

那天下午我没看见她,也没机会告诉她。他一直把我带在身边。不知道是不是故意为之。他的脸上也看不出什么。这也许只是巧合吧!我又想起她说的话,他说她比以前更经常出门用车,不禁感到后怕。他只说,"在这儿候着。"我就哪儿也不敢去,怕他转身发现我不在,这事儿就泄露了。时间一分分流逝,一等就是太阳下山。

6 点钟,我带着他回去——车开得飞快,像射出的子弹。经过一片棕榈林,我和她的秘密基地,也是我们经常停车的地方时,我疾驰而过,仿佛照相机的快门一般,又继续行驶。

有趣的事发生了。就在那一刻，乔丹发出了一阵咯咯的笑声，有点酸溜溜的。当然，我得补充下，乔丹一直护在他左右，寸步不离。我说"他"的时候，实际上指的是两个人。

此前，他们俩并无交谈，也没发生什么好笑的事。只是路过这个地方时，他莫名其妙地笑了。

"你在笑什么？"罗曼问。

"我只是觉得，"我听见他回答，"这里是情人约会的好地方。"

罗曼不发一言。我感觉后脖颈似乎有股冷风吹过，如坐针毡。我抑制住想抬头看后视镜的冲动。我有预感，一抬头就会撞上乔丹的视线。也许只是我想多了，但因为我不敢尝试，所以也无从定论。如果只是巧合，也太不可思议了吧！从迈阿密到赫莫萨路，全程这么长，他为什么就恰巧在这里笑了呢？我觉得这只是导火线，他们准备行动了。

我们下车时，夜幕已经降临。他们一离开，我就直奔房间。接下来的两个小时是我人生中最煎熬的时刻。我在小屋子里踱来踱去，焦急地看着时间流逝，时不时停下来望向对面窗户。不知道为什么，晚上的视线竟比白天清晰，我甚至能看见对面窗户里挂着的一串串珠帘。他和她的房间，都亮着灯，形成一条线。只要他的灯还亮着，我就不能发出信号，因为我能看见他，他同样可以看见我。

我有点怀疑，难道他们今晚吵架了？7点钟已经过去了，往常这个时候，他们已经在餐桌就座了。我又想，有可能他已经下楼，只是忘了关灯。但如果是这样，她一定会进来帮他关灯。因为我们俩约好了，她一定会为我扫清障碍，所以后面这个猜测也不成立。

我急得快疯了！时间只剩下5小时了，可她还全然不知。我必须传话给她。也许她以为次日才发船，吃过晚饭就去睡了。她曾说过，她经常这么做。至少，睡着了就不用见到他，我想是这样的。

突然，7点20分左右，在我来回踱步之际，一半的珠帘消失了。我连忙朝窗外望去，只剩下她的灯还亮着。我奔向电灯开关，伸出大拇指，犹豫了一分钟，开始上下按。电灯闪了12下，又正常亮起。

然后，我急忙跑回窗前观察。

珠帘只闪了一下，又恢复如初。她看见了，她明白了！

我下楼，跟往常一样，和乔布在后面的屋子里吃饭。虽然和她共处一屋，却连见一面都难。我倒宁愿待在自己的小屋，至少，我能望见她的房间，知道她在里面。

"外面的气氛,冷得像在举行葬礼，"乔布在摇晃的门边探头望，"食物一摆上去，立刻就得冻僵。"

我没有回应他。今晚，我得谨言慎行。

"你没吃多少，"他坐下来，风卷残云,大快朵颐，还不忘加一句，"她今晚也没怎么吃，菜几乎没碰。"

我的眼神立刻射向他，似乎要看穿他，刚才的对话背后究竟有无深意。应该是我想多了，他说完头都没抬，更别提对上我的眼睛。他们总是口无遮拦，有口无心。这一定也只是巧合，就像乔丹经过棕榈林发出的笑声一样。

我推开椅子起身，回到属于我的地方。现在是晚上8点45分。我们大概还有三小时。除去路上坐车，净余两小时。

我忐忑不安，表现出从未有过的焦躁。手心一直冒汗，擦了很多次，还是汗涔涔的。我想，不仅仅是怕罗曼和乔丹，更是怕她。怕我来不及带她逃出牢笼；怕她突然被困，无法脱身；怕我最终会失去她。这是爱的焦虑。

我焦虑地绕了一圈又一圈，感觉地板都踏出了痕迹。

9点30分，9点45分，10点。只剩两小时，净余一小时。

突然，电话响了，吓得我魂不守舍。乔布的声音："斯科特，车开过来。立刻！"

是她！一定是她临时找了借口出门——我立刻扔了雪茄，门都没关就急忙跑下楼开车。

车开得太快，差点来不及刹车。

车灯刚打向房子入口，门就开了，她从里面出来。一身洁白无瑕的曳地晚礼服，她戴上了所有的钻石，整个人闪闪发光，熠熠生辉。他们无论去哪儿都必戴钻石，他不会让一个地方裸露着。她耀眼得如一道光，朝我徐徐走来。

我的心沉了下去。一定是哪里出错了！这不该是逃亡穿的衣服！天哪！她就像耀眼的星星，会点亮整条道路。

她的脸冷若冰霜，仿佛不认识我。我打开车门，她与我擦身而过，上了车。

"小心！他们就在我后面。"

罗曼先出来，浓烈的香水味，头发梳得油亮发光，颈上围着一条白色的丝绸围巾，但没穿外套。

他站在台阶上等，我听他抱怨道："焦尔达诺在磨蹭什么？"他心情不好才会喊乔丹的真名，而不是姓氏。我也是来了一段时间后才摸清楚的。

"我想，在检查枪支。"她轻轻地说，语中略带苦涩。

然后，那条站立的响尾蛇出来了。和人一样高，纤瘦却致命。

他们分坐在她的两侧，我来不及和她眼神交流，就直接关门上车。

罗曼说："特洛奇，斯科特。"

那是他常去的地方。

星光下，车驶得飞快，是他喜好的速度，而不是她的。我不抬头看后视镜，这样会好受点。我全神贯注地开车，汽车在寂静的夜色中发出"嘶嘶"声，就像一个坏掉的水龙头嘀嗒淌水。

他们三个人都默不作声。路程过了四分之三，谁都不发一言。

最后，罗曼终于打破了沉寂，说道："你今晚很安静。"

她说："我也觉得。"

乔丹插了一句:"也许她今晚压根不想和我们出门。"

但她没有回答。

罗曼问:"是吗?"

"你在家就已经问过了,"她回道,"我已经来了,人在这里,你还想怎样?"

接下来四分之一的路程,谁也没开口,一路寂静。

我们终于抵达了特洛奇。绿色条纹的遮阳篷延伸到人行道,里面闪烁着蓝色灯光。门卫是一个来自巴哈马的黑人,名叫沃尔特,在蓝色灯光的照射下,显得更黑了。他认识罗曼,特地双膝跪地,叩头问候。

她没有机会跟我说话。她必须走在前面,罗曼和乔丹在后面拉着曳地长裙。我只能目送她进去。灯光下,她的白裙子变成了蓝色,光滑细腻的后背仿佛是点缀着浅蓝色的大理石。

所有的一切都变成了蓝色,包括我的心。

我把车开到角落,停在他们看不见的地方,不知道接下来该做什么。我所在的小巷正好与其平行,但墙上没有开口,没有窗户,只是一片灰泥。

我在入口和角落之间不断徘徊。来客络绎不绝,没有人逗留,只是经过角落时会放缓脚步。

期间有个服务员出来,和沃尔特站了约一分钟。我想,或许是她让人来传话。我朝他们俩走去,确保他能看见我,如果真如我所料。那个服务员看着我走过来，转身又进去了。他应该只是出门呼吸下新鲜空气吧！

我转身往回走。我知道里面很大，你看不见我，所以便放弃尝试。

11点，11点10分，11点20分，11点30分。我站在车旁，焦虑地狂拍车身，只能无助地看着时间流逝。

突然，一道明亮的光射向角落，此前只有昏暗的蓝光。她正朝我飞奔而来。她只穿着裙子，我指的是没披围巾，没带包，所有东西都留在里面。

还有几步之遥，我急忙上前揽住她。"快点！"她气喘吁吁地说道，"现在什么也别说！快点离开这里！"

她跳上前座，我也已经坐进驾驶座。

我们疾驰而去。

"我们还剩多少时间？"

"20分钟。"

"我实在抽不了身。该死！他们正好就在入口右边，只要我从化妆室出来朝门口走，他们一定会看见。他们正好面朝入口。"

"那你是如何——"

"刚才有个人进来，和我们坐一起。他们重新调整了下座位，给他让位。他们就换了个方位。"她伸手至裙子里。"这个，拿着。"她说。

是一个鹿皮钱袋。她掏出来递给我。我依然握着方向盘。

"谁的?"

"我的。"

"那之前是属于谁的?"

她顿了一下。"如你所料。"她说。

她伸手到窗外,冷风吹落手中的钱袋。它很快消失在夜色中,十米,二十米,数百米……我打赌,明天这条路上一定会出现一个幸运儿。

"我们还来得及吗?"

"快了。最艰难的时刻已经顺利度过了。12点才发船,我们还剩下——"我感到她不断朝我这边靠。

"你为什么如此惶恐不安?"

"不是这样的,斯科特,他们知道了!整件事都错了!他们已经提前开展报复了!今晚的事只是导火线,就等着我们上船!我觉得现在不能走。"

她表达得语无伦次,我问她到底想说什么。

"有人看见你了。一个认识他的人看见你去买票,或是从售票点出来,总之就是看见了。他认出你,或者认出罗曼的车了。所有的一切都巧合得可怕!他就是刚刚进去和我们拼桌的那个人。他还以为你是帮我和罗曼买的票。虽然我们很快就要离开了。我听到他提这件事了!幸好船票没注册名字。因为当时我还和他们坐一起。罗曼不以为然，因为根本讲不通，他以为搞错了。但是！从我离开的那一刻起，从他们发现我消失的那一刻起——一切都得到了证实！他们会知道的！他们一定会报复的！哈瓦那，轮船，十天一班。我们俩同时失踪，他们一定会查出船票是给谁的；我们还没上船就会被抓住。"

"我还有车。"

"刚刚进来的那个人也有车。他们可能已经在后面追了。"

我握紧枪。"我们随机应变。"

此刻，我们反而希望船快点开，越快越好。只要我们一登上船，就立刻出发。

"十分钟后我们就在船上了。"

"你可能一分钟后就会死。"

"我们不会的。"我向她承诺，希望如此。

"后面似乎有动静。有几束光打过来。虽然距离很远，光点只有药丸那么小。"

"不要一直往后看，"我安慰她，"即使他们追来，也不能阻止我们。"

急转弯后猛刹车，11点54分，我们抵达了码头。我把票递给她，说道："给，在跳板边等我。我得把车开走。"她让我陪她一起进去，但我还是跟她挥别。车不能停在这里。如她所说，如果车后的"药丸"真的是他们，车会泄露我们的行踪。

我把车靠边停在一个隐蔽黑暗的角落,跑过去追她。车流络绎不绝,码头前堵得水泄不通。我不知道这其中是否包括"药丸",因为无从辨认。人群蜂拥而出,都期待着拥有一次愉快的旅途。长达一分钟,所有的一切都淹没在轮船发出的低沉的汽笛声和隆隆的蒸汽声中。

我发现她正在跳板下等候。许多身着晚礼服的女士穿梭其中。这也挺好的,至少不那么独树一帜,与众不同。我们出示船票后飞奔进船舱。一个乘务员领我们进去,两个特等舱相对,中间隔着一条过道。他还想进来调整舷窗,我递了一张小票给他,说道:"没关系,我们就喜欢这样子。"他便转身离开了。

她立刻冲上前锁门,还敲了好几下,确保锁紧了。

"我有自己的船舱。"我告诉她。

"哦,不要离开我。繁文缛节都见鬼去吧!今晚在这儿陪我吧!"

她抱住我。

我安慰道:"没事的,我们安全了。"

"我不认为,"她问,"你真的这么觉得?"

"你感受不到吗?每过一分钟,我们就安全一分。我们成功了!我们一定可以的。"

我们并排坐在舷窗下的长椅上,清新的海风拂面而来,我伸手环抱着她,她低头倚靠着我。就这样,一夜未眠,开启我们的逃亡之旅。

气氛很暧昧。我们彼此坦诚，聊了一夜，只是都不约而同地避开一个话题。那就是，我们没钱。接下来的几周，甚至几个月，可能更多是柴米油盐，而不是风花雪月。但我们已经从牢笼里逃脱，开始全新的生活，还能要求什么呢？

她的头枕在我的肩上，我斜靠着船舱的嵌板。我们就这样坐了一夜。舷窗内，飘动的窗帘像信号旗般，不时拂过我们的头顶；舷窗外是柔和低沉的海水声。我们的内心是抑制不住的喜悦。我们正在朝海岸的另一端前进，那里海天相接，是我们渴望已久的天堂啊！

舷窗渐渐变白，墨西哥海湾的天空露出了鱼肚白。

门口突然传来一阵声响，我们又一次吓得魂飞魄散。现在是凌晨6点钟，在哈瓦那还很早，这敲击木板的声音轻而柔和，仿佛只是用一根手指敲门。

我们回过神，但依然舍不得分开。我紧紧地揽住她。

"他们在船上！昨晚他们一定上船了！"

"不会的，不会的，放轻松！如果上船，他们不可能拖这么久。"

我们屏住呼吸，听敲门声是否再次响起。果然，又响了起来。

"谁在外面？"我故作镇定地问。

一个男声传来："无线电报，先生。"

"不要开！"她低声拼命反对。

我喊道:"从门缝下塞进来吧!"

黄褐色信封的一角慢慢露出来。真的是电报。

等到信封静止不动时,我们才打开一起看。

收件人是她。内容言简意赅,却令人不寒而栗,只有一个词。

  好运!

    罗曼

## 倾囊相授

故事讲完，蜡烛的火焰已经从酒瓶的颈部蠕动下来了，烛油沿着瓶颈往下滴，塞满了整个瓶颈。烛焰发出奇异的蓝绿色光芒，在酒瓶的映射下，整个房间看起来像一个海底洞穴。

我们几乎没有挪动位置。我仍然坐在她那异常心爱的小床边，慵懒地将双手紧紧地夹在大腿之间。她则坐在木箱边上，两腿悬空，这是唯一的区别。

一闲下来，我便忍不住想：人的一辈子那么长，叙述却只需短短几分钟。

她倾听着，一个陌生人听着另一个陌生人遇到的烦恼。我几乎看不清她，正如我们难忘的第一次见面，烛光下只见隐隐约约的轮廓。她的脸笼罩在黑暗中，眼睛偶尔闪烁出光芒。

寂静降临，我们谁也没有打破这份宁静。

然后，她轻轻地跳下地，过来换了一支新蜡烛。这一截是新的，烛焰再次变黄，真菌色从墙上慢慢褪去。

"这很简单。"她说道。

我一时间不明白她话中之意。

"很容易猜出今晚你在'邋遢乔'酒吧里发生了什么事。但凡有点脑子的人都能想明白。"

我抬起下巴，没有抬眼瞧她。

"想明白是一回事，证明是另一回事。你指的是罗曼，对吧？"

"她是属于他的，你却把她夺走了。"

"他现在在迈阿密。你可以立马打电话给他，他在另一头一定会接的。"

"当然会。这又能改变什么？"

"这一点我和你一样清楚。但谁在意幕后操纵者呢？我在乎的是这整件事情的原委。"我拨了拨头发，"我还是想不明白，我们周围那么多人，难道没有一个人注意到刀刺进了她的身体？或者至少看到了那家伙手里的刀，不管这家伙是谁。他不可能只是静止不动地拿着那把刀，毫无起势地往前推。他得先往回退一下，距离至少等于它自身的刀刃长度，然后再向她的身体里刺，就像你用尖锐的武器那样。怎么会没人看到他的手臂摆动,看到那东西闪闪发光呢?"

"也许吧,"她试图帮我解惑,"也许有人看到了,只是没说出来。"

"或者也许,"我接上她的话,"有人看到了,只是不知道怎么回事。"

她疑惑地看着我:"你这话什么意思?"

我站了起来,眼睛凝视着它处。她或许不知道我在看什么。"等一下,我想到了!要是可行的话,这可能是唯一的办法!"

她凑了上来,做好了帮忙的准备。

"在我开始恼怒前,"我说,"让我看看能不能弄明白。有什么东西能画的吗?"

"只有我之前用过的唇线笔。"

"无论什么都行。"

她迈了两大步就把它拿过来了。

"我能用下你家的墙吗?"

"用吧。"

我走过去,匆忙地画了四条线,围成了一个四方形。她走到我身后,把烛瓶放在我的肩头,好让我们看得更清楚。"任何位置都有四面。这是我们所站位置的四周。我们站在中间。"我草草地划了个叉。现在让我看看我能不能记住是怎么回事。一边是酒吧,在这条直线上，只有我们手肘那么高。凶手无论如何都不可能从那进去，而是从她的另一边进来。

"画个箭头显示从哪边进入。"她建议。

我在 X 上画了一个箭头。"现在这两边——在我们身后的两个箭头——它们像沙丁鱼一样挤在我们周围。刀藏在他的身体里，就在视线看不到的某个地方。但还有一边，就是第四边。这条边上还有一点空隙——也许只有几英尺——但有一点开口。你可能会说，站在近处看事物总比站在边上或顶部更好。我寄希望于这一边。只有在这边，才能更全面地看见一切。"

"那么谁在那边——人群之外？"

"只有一个人挡住了那边的视线——在'邋遢乔'酒吧里工作的摄影师。现在你明白我的意思了吗？那里是人群，是的，但他就是利用人群掩藏自己。他戴着一个黑色的兜帽，或者其他什么他们用的东西。事实上，他在第四条边上。不管怎么说，整个开端只是件非常小的事。"

"所以你觉得摄影师看到了？"

"他没有直接看到整件事。他戴着那该死的兜帽，耷拉着脑袋。但我认为他的相机很有可能捕捉到事情发生的画面。相机是唯一一个说不了谎的目击者，相机底片也无法被修改。"

她并没有表现得太肯定。"是这样的。"她打了个响指，"它必须得非常快，才能拍下那一刻。"

"它不需要显示事情发生的实际时间。首先他得把相机拿出来,然后他得打开,再则他得使它保持平衡,把画面拍进去,最后得保留照片。这里有五六个不同的步骤。任何一个步骤都可能看见案发现场,可以帮我很多忙。这完全取决于他对我们的关注程度。"

"刀子在这里上下移动。"我用她的身形进行比划,指给她看。"如果他只是拍我们的头和肩膀,那就拍不到,太低了。但是,如果他拍我们腰部以上一半的位置——那他的相机很有可能拍到了。即使只是表明不是我自己握着刀而是别人握着刀,也足够了。至少比我现在进退两难好多了。"

我把唇线笔扔到了床上。

"他仍然拿着相机底片,底片在相机后面或其他某个地方!"

我扣好外套,朝门口走去。"我走了。我只希望事情早点了结。我必须找出他是谁,我在哪里可以再找到他!"

她放下蜡烛,走到门口挡在我面前,转过身来,示意我回去。

"你最好让我来解决。我可以帮忙,而且比你更快更容易。你只会将你自己置身险境。"

"你帮我做得够多了。这是我自己的事情,与你无关。"

她用后手肘推了我一下,以示反驳。"你语言都不通,怎么去问别人?你要去哪里找他?去'邋遢乔'酒吧吗?你一露面就会被认出来。认清现实好吗?我可以很快完成这件事。没人认识我,也没人知道我和你有关系。我可以来去自如。你现在就安静地坐在这里。我走后把门锁好，任何人来都不要开门。等我回来，我像这样敲两下，你就知道是我了。"她演示给我看。

"我只会拖后腿，"我抱怨起自己，"让你替我冒险。"

"我这么做不是为了你。我这样做是为了一个曾经被警察盯上的人，就像他们现在盯上你一样。坟上花开。我要告诉你多少次？待在这里，我会尽快回来的。"

门开得很窄，她探头看了看，溜了出去，又关上门，然后走了。

我站在那里，听着她离开的声音，就这样持续了几分钟，直至几乎听不到声响，只剩轻微的声音飘下楼梯。然后我用脚踢开门闩，转身穿过烛光摇曳的房间。

我重重地坐回床上，开始冥思。这到底是一个怎样的蜜月啊？她躺在太平间的平板上，而我则躲在华人区一个被遗弃的房间里。

时间似乎静止不动，只是停留在那里，停滞不前。我没有手表来显示时间的流逝——我这辈子从来没有过一块手表，如今我考虑买一个——房间里也没有任何东西可以感知时间流逝。只有蜡烛慢慢地、慢慢地熄灭，我没本事将其变成数字。我偶尔能听到远处城镇各处隐约可见的教堂发出的钟声，就像拨开的电线一样，但我依然一头雾水。它们甚至不同步，一边要结束了，另一边才开始响，这样每天晚上的小时数都会翻倍。我分不清在哪停止，下次又从哪开始。我感受不到时间，但这又有什么关系呢？

突然我听到什么声音，我抬起头。整个房间里没有一点动静，除了一支烟从我手指中滑落，垂直掉到地板上，我抬脚踩住它。

楼梯上有人，不知为什么，我有强烈的预感，那不是她。我想是脚步声的节奏告诉我的，这步伐比她的慢。说实话，我从来没有听过她爬楼梯，从来没有计算过她的步伐，但不知怎的，我觉得她随时会上楼，伴随着梦游般昏昏欲睡的步伐。脚步声可以表明一个人的个性，它和指纹或音色一样独特，各不相同。她可能也会这样偷偷摸摸的，特别是在跟踪某人时，但每一步之间不会如此痛苦，就像攀登者一样，每踏出一步都无比艰难。她不会如此。

质地里没有皮革，是毛毡在咝咝作响，就像她穿的那些鹿皮鞋，也像这里随处可见的有着中国特色的拖鞋。这些声音应该是完全听不见的，但事实并非如此。老旧的楼梯表面上有足够的沙砾，凉鞋的底面也有足够的硬化涂层，每次踩到地面时，就会发出轻微的响声。尤其是在这样寂静的环境中，我的耳朵格外灵敏。

我原本蹲着，现在站起来了，手掌沿着床沿抵住床框，在我离开时不让它发出声响。我再慢慢松手，它只咕哝了一下。

他已经上楼了，正往门口走——别问我是怎么知道的。有时你能感知一些事情，但却不知如何解释。

我开始随之小心翼翼地穿过房间，保持步伐与其吻合，这样一来，一只脚的声音就能掩盖另一只脚的脚步声，就如之前让我感到困惑的教堂钟声一般。

经过时，我两指掐灭了蜡烛的火焰，然后走到门口。就像我第一次来到这里时做的那样。如果是警察，很容易识破的，一英里外就能知道他们将去往何处，而这个脚步声却令人捉摸不透。

就像这样：嘘——一步——两步——两步半；嘘——一步——两步——两步半。大致如此。颤颤巍巍，跟跟跄跄，好像每走一步都会脸朝下摔倒一样，但我并不认为是这样。也可能是某个人正鬼鬼祟祟地上楼，但动作不够轻，趁未被察觉，试图在门口直起身子。

脚步声停止了。从两步半一直数到三、四、五，但还没破门而入。他肯定就站在我的对面，停下来了。

我外套的一角不经意滑下来，碰到我的身体，这种惊吓不亚于一把武器突然抵住你。我努力保持镇定，发现门把手开始转动，我的衣服也随之晃动，因为它们靠得很近。

一只手试了试这扇门，到处摸索，想把它推开。一阵尖锐的刮擦声使我跳了起来，好像我的皮肤被划破了似的。这是一个火柴头，经过门的摩擦正好达到燃点。门缝突然清晰地显出来，如同解开了一条长长的黄线一般。

但这次不像之前那样鬼鬼祟祟，门只是轻轻地推开。我紧张的情绪突然转变成一种想要控制局面、进行报复的欲望。她告诉过我不要开门，但危险来临时总要随机应变的。

我用力踮起脚尖，将门缝开大一些，不管来人是谁，都准备会一会那个人。但我还是没有这么做。有些人太可怕了，简直无从下手。这人太不可思议了，我甚至连碰都不敢去碰，更不用说去打去抓了。

我不知道是鬼魂，还是从坟墓里钻出来的活物，亦或是已经死了的东西正在往坟墓里钻的路上，却不小心走错，在这里停下了脚步。那是一个瘦骨嶙峋、面色苍白的中国人。我分不清他是老是少。火柴在他身上划来划去，但它发出的光线并没有多大用处。他既不是白人，也不是黄皮肤，他的脸是灰绿色的。眼睛陷在深深的眼袋里，和头骨上的眼窝一样大。衣服松松垮垮地挂在身上，像稻草人身上的破布一样。肋骨下面一定是用金属片做的，没有任何皮肤把肋骨的背部凸起连在一起。

他身上散发着一种奇怪的气味，好比有一种黏土，如果你把它和水混合在一起，就会发出这种咸味陶器般的臭味。

他愣住了，咬牙切齿地说了些什么，但我听不懂他说什么。"奥特拉·普埃尔塔。"

"走开，"我低声咒骂，"滚开，你这只行走的幽灵！"

他犹豫地转过身去，好像随时都要摔倒似的，开始用一只手沿着墙摸索着，朝隔壁门走去。他还没到那儿，火柴就熄灭了，我关上了门，又把它拴牢了。光线明亮的时候看他已经够糟糕的了，我可不希望他在黑暗中折返回来。

我全神贯注地听着，听见另一扇门轻轻地开了又关上。在那之后的一两分钟里，隔板里传来隔壁房间里有人轻轻走动的声音，最后是一片寂静，仿佛那东西已经死了似的。

过了一会儿，我又闻到了那股奇怪的、刺鼻的气味，就像我在门口注意到的一样，但我不知道它是从哪儿飘来的，有点莫名其妙。然后这种气味逐渐消失，直至不可察觉。

我擦去脸上黏糊糊的东西，重新点燃蜡烛，在小床上坐下来等她。

她似乎已经走了半个晚上了，但可能只有45分钟左右。她确实比我擅长做这件事。因为她回来时，我根本没听见上楼的声响。如同约定的那样，她小心翼翼地敲了两下门。

我走过去，让她快进来。她身上挂满了废品，披巾下有两个大包，她用手臂在两侧各举着一个。我打开门时，她正警惕地看着身后，以确保楼梯上没人。看到她我非常高兴，这让我很惊讶，仿佛我已经认识她几个星期或几个月了。

她从我身边走过时，向我会意地眨了眨眼睛。意思是：好了，一切都在掌控之中——或者诸如此类的意思。她进来后我把门重新锁好，她把几捆东西倒在放蜡烛的桌子上，随后又披上了披肩。

"我发现了你想知道的东西。"她气喘吁吁，满意地说道。

"不急，"我提醒道，"墙的另一边还有一个人。"

"哦，他吗？"她漫不经心地说，"他没事。你第一次看到他时，会被吓到，但他不足为惧。他抽鸦片，但只管自己的事。隔壁房间的这家伙不是坏人,只是有点神志不清。我有时还给他东西吃,不然他会饿死的。"

我整理了下衣领,想让这个话题过去。"你有什么收获?"

尽管她说了他不问世事,她还是压低了嗓门。"在'邋遢乔'酒吧工作的那个摄影师叫佩佩·坎波斯。他已经不在那儿了。调酒师说要关门了,但我只用一小杯啤酒,再抛一个媚眼就得到了所有的重要情报。他在卡里·巴里奥斯沿街某处有个狭小的房间,既是他的工作室也是住处。我找不到房子的具体位置,但这条小巷很短——我知道在哪儿———所以可以给你省去不少麻烦。我还发现了其他事情。和我聊天的这家伙还告诉我,在我去之前,还有个人去那打听坎波斯,是个男子。"

我不喜欢听到这话。"这可能只是一个巧合。但话说回来,也有可能是别的什么人弄明白了我搞清楚的事:即照片底片是唯一的目击者。两个人在同一时间会有相同的想法。我想我最好快点采取行动。"

"你做不到的。"

"我得做到,米德奈特。没有别的出路。好吧,你已经为我打下基础,为我引路。现在剩下的事情就由我来做吧。我不能就这么干坐着,整晚都让你这只信鸽帮忙传递消息。"

她咯咯地笑着,用胳膊肘撞我。"你说谁是信鸽?"她走到桌边,就是那张她把带回来的东西一股脑倒在上面的桌子,开始撕开那张棕色的纸。"我猜你会喜欢,所以回来时在我知道的一个地方给你挑了这些。"

她拿出一套不太整洁的行头,里面有一条沾满油污的工装裤,一件高领水手衫和一顶油布尖顶帽,散发着一英里以外都能闻到的汽油味。

"你是要把我变成码头鼠,是吗?"

"这样你行事会更方便。只要避开头顶的路灯,至少不会被抓个现行。他们知道你会来,你穿着现在的衣服,连这个街区都走不出去。"

"好吧,"我说,"你转过身去。"机油的气味几乎让人晕头转向,但过了一两分钟就习惯了。不管怎样,我还是不喜欢身上的这气味。

我换好后,她用挑剔的眼光打量着我,绕着我走了半个圈,警觉地翘起雪茄。"这样就行了,"她最后说,"你知道吗,有意思的是,和你一直穿的那套华丽的西装相比,这套水手服看着更顺眼。"

"我想这和我的速度有关。"

"走路的时候懒散一些,那些该死的傻瓜警察就认不出你是他们跟丢的那个人,除非他们过来盯着你的眼睛看。放松双腿,水手往往把双腿摊开以保持平衡。听清楚了,我说一下从这里到巴里奥斯街怎么走。"

我走到她身边,低头专注地倾听。

"我不会告诉你街道的名字,那对你来说只是一堆天文,你只会被搞得一团糟。我会告诉你往哪走以及要转弯的次数。你走到巷口向右拐。走到这儿后,你沿着那条穿过小巷的街道一直走到尽头。走到尽头时,你再左转——"

"走到这儿。"我冷静地接道。

"现在你处在一个主干道上,得小心点。"

她仔细地排练了一下。首先,她自己从头到尾重复了三次,让我牢牢记住,然后让我逐字逐句地回放,以确保我没有记错。

"准备好了吗?哈瓦那这座城市对你来说很陌生,想找对路没那么容易。"她警告我说。

"我已经熟记于心,"我向她保证道,"不会迷路的。"

"好吧,还是那句话,别勉强。"

"你是个好人,米德奈特。"我告诉她。

"从我四岁起,别人就没再叫过我这个名字了。而且即使在那时,他们也把我和别人混为一谈。"

我把手伸进旧衣服的口袋里,拿出一大堆美元叠好塞进她的手里,这些是我所有的钱,度蜜月用的。"听着,"我说,"万一我出了什么事失败了,这些钱就当作你为我准备行头——还有今晚作为一名优秀侦查员的报酬。"

她把钱放在桌上,挪开了手。"我这么做不是为了钱。无论如何都不是。"

这次换我说给她听。我已经牢牢记住了。"我知道,坟上花开。"

"听着，"她洋洋得意地向我保证，把手摊在我的眼前，"这里有个商店柜台，我可以神不知鬼不觉伸手进去；或者有人在咖啡桌跟我买花时，我便知道他们钱包放在哪儿，就能锁住目标，所以不要为我担心。我过得很好，我一直都是这么过来的。"

"你去不了天堂了。"

她无所谓地耸耸肩。"那上面一定非常孤独，你不觉得吗？"

"好吧，如果你不接受，那就帮我把它收起来，等我回来。你就当没这回事。"

我听了听楼梯上的动静，打开门，慢慢地走到外面。关门前我看了看她。

我不太确定这次离开是不是永别。我知道告别前该说些什么，但不知道如何开口。

她站在我和蜡烛之间，烛光昏暗，我看不清她的脸。她笼罩在光晕中，她是世上最应该有光环的人。不是吗？

"好吧，再见。"我说。

她对我说了几句西班牙语，我觉得是"预祝成功"的意思。

我随手带上了门。

## 暗度陈仓

楼梯很安全。踏上正确的道路，义无反顾地往前走，现在只是我万里长征的第一步而已。我缓缓地下楼，比上楼时慢得多。我喜欢这种感觉，灯光从身后投射过来，不再是一片漆黑。

接下来是小巷的拐角。我紧贴着墙壁，让身体与之平行，只露出脚趾、下巴和鼻子。这里三面环墙，以这个姿势几乎看不见什么。

不过接下来的路线是清晰的。虽然道路昏暗，看不见尽头，但一路通畅，无人巡逻。我不知道他们是怎么想的，可能认为我会从屋顶逃走，不然肯定会有人留守在门口。

我转过拐角，开始了这座城市的穿梭之旅。我贴着墙壁慢慢挪动,步履轻缓。衣服上的机油味依然浓烈,小巷里也散发出一股难闻的味道,相比之下,我还是更习惯机油味。

前路艰难重重,这条路却出乎意料地通畅无阻。一方面,如果警察出现,我不指望能全身而退,不被识破——这几乎不可能。除非有路人正好经过,而我假装挠鼻子以蒙混过关。这条路狭窄无比,应该是镇上最窄的一条路了,人被限制在一侧。另一方面,我正是在这里从他们的眼皮子底下溜走,这是他们最后一次看见我的地方,比起其他地方,应该会严加把守的。

很快,小巷的出口逐渐明亮起来。不是很清晰,至少在少数路灯的照射下,从一片漆黑变成了青灰色,或者说石板色。临近出口,我放慢了速度,沿着墙壁,以每步一掌之长的距离小心翼翼地挪动。

当我抵达出口,我又做了之前在拐角处一模一样的事。紧贴着墙壁,让身体轮廓和墙沿重叠。

这时,不幸降临了。

一个声音咆哮而来,直冲进我的耳朵——准确地说,应该归功于我敏锐的洞察力,因为我还藏在墙壁后面——"我们还要等多久?"

我想,这是在说我,近在咫尺的危险,完全出乎我的意料。我赶紧转身,收回突出的肩膀,紧紧地贴在墙上,就像刚刚粘贴好的广告纸一样平整。

我瞥见了他的外形,不太妙,身着警察制服。

我就这样一动不动地维持了一分钟，正愁如何解脱之际，传来了玩笑声。虽然微乎其微，至少说明我暂时还是安全的。另一个声音回应了他："直到我们抓住他。"

所以小巷里有两个人把守。我还是该感到庆幸的。很显然，他们一直不动声色地埋伏在这里，刚开始窃窃私语，便及时阻止了我迈出的脚步。我很纳闷，她为什么没有提前透露街上有人看守？也许她出来时街上还没人蹲点，回家后才布防的。

他们没再讲话。许是任务在身，无心谈天。听着皮鞋发出的嘎吱声，我开始忐忑不安。他们就近在咫尺，我担心机油味会出卖我。但我也不会就这样束手就擒。

我小心翼翼地往后退，用脚后跟探路，一步，两步，三步，感觉到了安全地带，赶紧转身撤离，慌乱中还不忘放轻脚步。

我被卡住了。进退两难。我知道，这条小巷还有一条上行的出口。既然这个出口有人放哨，另一个出口肯定也有人。如果没有，他们就该去测测智商了！

在我踌躇不前，考虑返回的距离以及安全性大小之际，危险正一步步逼近。

一阵脚步声从小巷深处传来，越来越近。即使一片漆黑，我依然能看见一个身影穿破黑暗而来，逐渐进入视线。虽然我们之间的距离在不断缩近，但这条路仿佛永远走不完。分明有个人正不断靠近。我将腹背受敌，两面夹击。前有警察守在出口，后有这个不明人物。墙上也没有出口可以逃脱，此刻连米德奈特的家都回不去。

我在两堵墙之间不安地徘徊。有时一步并作两步，孤立无援，无计可施。仿佛陷入了一个捕鼠器之中，无助绝望，但唯一确定的，便是不能朝小巷出口而去，那样胜算就更低了。

终于来了。我已经做好心理准备，不能这么坐以待毙。不过听这脚步声，散漫随意，并不像怀揣恶意。换句话说，应该只是正好路过，并不是冲我而来。我想，只要低着头往前走，就能安然度过。

我们之间的距离逐渐缩短，直至并肩而行，只要再往前一步，到其身后，我便安全了。

又是一位女士。擦身而过时，一缕清香迎面而来，裙摆拂过我的大腿。这座小镇似乎总有女性半夜出没。

说时迟，那时快。就在擦身而过的那一瞬间，她的胳膊抓住我的身体，将我反锁在臂弯中。如果想逃脱的话，只能全力抵抗，将她往后拽。

她说："你怎么样，水手？"

虽然我们的手肘缠绕在一起，在一片昏暗中，我依然看不清她的脸。这似乎正合她意。

她又说了些什么。我想是关于酒的，因为我听到了"雪利酒"。我猜，她在向我讨要酒钱。

我突然心生一计。就这样任由她柔软的手臂反扣着我,我也不松开她。"好的,"我急忙说道,"你想喝酒?走近点……不,倾斜一点……对对,靠着我。现在,跟着我往下走,只要经过那个角落就行。"

她似乎只会一句随时可用的英语。天知道从哪儿学的呢!"太棒了!"她脱口而出。

"继续说,"我提醒她,"多说几句。"

"太棒了,太棒了,太棒了!"她说得飞快而熟练。

我右侧托着她,举步维艰。她几乎整个人靠在我身上。她体型庞大,遮住了我大半张脸。

"你想喝什么?葡萄酒还是朗姆酒?"

"太棒了!"

"很好!"我满意地轻声说道:"拐弯处到了。"

我们的脸贴得很近,几乎黏在了一起。好在她面向的是另一侧。那边有两个靠着墙壁,意志消沉的警察。一个穿着制服,一个穿着便服。

我一边拖着她走,一边来回晃动她的身体,好似我们俩都喝多了。

她好像认识他们俩,朝他们炫耀。我想,这也许不是坏事。

"哈喽,"她回头娇俏地说,"看看我得到了什么。瞧瞧?"她伸出舌头,对他们发出轻蔑的嘲笑声。他们之前一定开过玩笑,说她半夜溜出来。

我趴在另一侧咧嘴大笑。我一哈哈大笑，皮肤就往后绷，整张脸都皱在一起。他们就更认不出我了。毕竟,他们之前也没见过我。

我们就这样摇摇晃晃,安全地经过他们。

身后传来一阵咯咯的笑声。我想,这是在笑我,也许在笑我的金牙呢!

我一直揽着她,直到远离他们的视线。到达分岔路口,我突然一把松开她。

"有缘再见。"说完我把大拇指朝着来时的方向竖起,以示感谢。

她没再说一句西班牙语,而是用生涩的英语艰难地表达。一路上陆陆续续地发出一连串字符,从这条街的一头到另一头,像雨点一样落得满地都是。我觉得好像身后大街上的水管爆裂了,只不过发的是一场词汇大水。

"太棒了!"我回赠她同一句话。

我回头望她最后一眼时,她正忙着四处寻找,挑拣随手可扔的石头来砸我,庆幸的是,散乱在地上的大小石头也伤不了人。

我很快进入一条主道,接下来得更加谨慎。形势发生了大逆转,与刚才在巷子里完全不同;现在的灯光不是太暗,而是太亮了。每隔30码左右就有一根街灯柱,上面挂着五个亮闪闪的路灯,而不是一个。整条人行道灯火通明,犹如白昼。的确,街灯柱在道路两边交替分布,但我不能为了避开它们而不停地左右穿梭,这样更容易暴露。

这条街上也有咖啡馆，面向大街，沿着人行道摆了好多桌子，发出刺眼的灯光，就像正午时分，一切都清晰可见。我不得不尽可能地避开他们，假装看向另一边，或者假装挠头，这样就可以举手挡住侧脸。因为我知道，可能有人正坐在一张细长的铁椅上，眼睛直直地盯着我。就像在展览会上，大家都驻足观赏，只有你不停地走动，自然会成为焦点。这半个多小时我发现了一件事——对我不太有利——哈瓦那是座不夜城。他们都说纽约是不夜城，但人们会一直睡到次日10点。相较之下，哈瓦那的人们凌晨便又醒了。我可不想现在被发现。

成功穿过咖啡馆后，我来到一条相对昏暗的道路。一列有轨电车朝我呼啸而来——行驶在道路中间——车顶的牵引电线上发出绿松石般的火花，天花板上的灯光在墙上投映出青灰色的水花。车的四周是敞开的，没有侧边，上面横放着一些长凳。列车驶过的时候，乘客挤得水泄不出，有那么一两分钟，一排排面孔全都木然地盯着你看。在刺眼的灯光下，仿佛能把你看穿。至少对我来说是这样的。

我不能离开这条该死的路，换条人迹罕至的路试试运气。她说得很严肃，只能走这条路，别无他选。路线已经够复杂了，七弯八拐，如果再绕道走，我担心会适得其反，连原来的路都找不到。这座城市不像迈阿密那样是长方形的，这里所有的街道纵横交错，就像拼图上的裂缝。

我成功了。没有人认出我,也没有人突然在背后袭击,所以我想我成功了。我找到了这座白色大理石雕像,她告诉过我要留意——某个爱国者或其他什么人,我不记得名字了——就像她教我的那样,在这里掉转方向。接下来的路又是昏暗的,反而更好走。我现在安全抵达"市区"的另一边,正对着我出发的那一边,远离市中心的繁华地带。在夜幕的笼罩下,街道又冷又黑,荒无人烟。

路途很长,我一边走一边不停地强化记忆,以确保不会走错。我不是读书的料,也不聪慧过人,但机械记忆力一直很好。只要不断重复,就会牢记于心。她并没有告诉我烦琐的街道名字,那是没用的。我读都读不好,更不用说记住了。她给我指出方向,再用地标区分。

那天晚上很热。从港口吹来的一阵阵微风会让你清爽一时,但天气很热,走了那么多路,我已经汗流浃背。衣服开始发痒,因为不适应长时间走路,腿也开始疼痛,还扭到了脚。

我终于到那里了。途经一个小电影院,那是她给我的最后一个地标。这里黑漆漆的,一片死寂。入口处的墙上挂着一个牌子,上面写着"电影院"。一些被遗忘的老影片,全世界都已经看过了,却仍在这个小镇上映。

这是一个小街区,人行道上的许多屋顶都是用棚搭起来的,因此比其他地方更黑暗。她没有确切地告诉我是哪一栋房子——也许"邋遢乔"的人也不知道——所以,现在我只能靠自己了。

我慢慢地从一扇门走到另一扇门,一手拿着火柴,一手挡住跳跃的火焰,寻找一些标牌或其他指示语。他应该会在楼下的街道门口做广告,让人们知道他在楼上。

我找到了很多,但都不是我想要的。标牌有牙医的,有执照的——各种各样都有——有会缝纫或做衣服的妇女,还有能帮人兑换外币的家伙;我敢打赌,如果你够傻,敢靠近他,会被骗得身无分文。我走到了街道的尽头。

我走到街道对面,开始往回走。有一次,我不得不停下来,因为有一个人沿着人行道走过来,虽然不在我这一边,只是穿过街道,我还是等他先走过去。我担心跳动的火焰会让他起疑心,也许还会多管闲事。他没有看见我站在黑漆漆的人行道棚屋下。他吹着口哨走过来,径直穿过街道,在另一头又拐了个弯。那之后的一两分钟,在万籁俱寂的夜晚中,我还能听到他吹口哨的声音。我有点嫉妒他,不管他是谁。至少,今晚他的女人没有被人杀害。他也不必在街上东躲西藏,可以光明正大地吹着口哨回家。

我耸了耸肩,又划亮了一根火柴。火光下赫然出现"坎波斯。肖像、画像、拍照"几个字,就在我的手下,仿佛一直在等着我。我认出了她说的那个名字,最后"拍照"一词也进一步证实了我的想法。它和英语一样,只是拼写略有不同。下面还有一张手的图片,指着里面,表示这就是门的意思。我觉得有点多余,可能各人品味不同吧。手的下面有一个小小的"3",指的是楼层。

我吹灭火柴,走了进去。

他们不赞成整夜开着灯浪费电。我想,既然亮着灯,里面应该有人。我摸索着找到了楼梯,然后艰难地爬上去。我数了两层楼,接下来就是目的地了。事实上,那本来也是最后一层楼。

我又划了根火柴,确保自己找到了正确的门。其实这也不难。眼前只有两扇门,其中一扇不属于任何人家。这是一扇通向卫生间的门。我通过观察证明了这一点,总之,不用特地打开就能知道。我走到另一扇门前,打起精神,轻轻地敲了敲门。

我暗自思忖:怎样才能让他听懂呢?他可能知道一两句英语,似乎这里大多数人都会一两句。我试图回忆他在"邋遢乔"和我们搭讪时是否用过英语,但一点都想不起来。因为在那之后,发生了太多事情。

他一定很早就睡了。我又敲了下门,没那么有耐心了。

钱是万能的。金钱不会有任何语言障碍。但是我没有。我把仅有的钱都留给了米德奈特。好吧,实在行不通,我至少还有两只拳头。如果言语不通——我身上又没钱——那只能用拳头说话了。不过,只有万不得已时,我才会出此下策。

我还是没能叫醒他。这次我敲得又重又响,等着他来开门。可还是没人出来。我试了试那扇门,以为能随意推开,大摇大摆走进去,看来是异想天开了。

我又敲了一会儿门。这次我用尽全力。敲门声如雷贯耳，穿过沉睡的屋子，显得空旷扭曲。过了很久，声音逐渐变细。

楼下有扇门开了，一个女人尖声喊道："卡莱斯！"我想，应该是希腊语"安静点"的意思吧。然后她等了一会儿，看我有没有再敲门。我没有，也不想。如果他在里面，应该早就听见了。最后，楼下的女人"砰"地一声关门进去了，估计心里憋着一肚子火吧。

我又等了一两分钟，估计她躺回床上睡觉了。然后又划了根火柴，检查一下门。我不会轻易放弃的。我大老远穿过哈瓦那，不会来了又离开的，现在处境不过是和以前一样糟糕罢了。

上方有一个布满灰尘的珍珠玻璃横楣。它并没有镶嵌得很平稳，而是摇摇摆摆地挂在离框架大约四分之一英寸的地方。但问题是，它不是一个固定的面板，只是一个气窗。如果上升四分之一英寸，还可以借助它爬上去。它一定会移动，必须用铰链或棍棒等东西辅助。

我打算从那里进去。

我瞄准窗框底部，伸直双手扑上去，但是没能抓住，掉下来了。我瞄准再跳，这次抓住了，身体悬在空中摇晃。我赶紧一脚踩在门把上，给自己一个支撑点，然后用肩膀轻轻碰了碰嵌板，它很容易移动，可以轻轻松松往后推。铰链一定是断了，一往后推就滑回来，但这并不重要，至少它没有粘住。

我把头探进去往下看，只见屋内一片漆黑。我先伸进一只肩膀和一只手臂,身子往里钻。我怕完全松手会头朝地掉下去,然后晕倒。更重要的是,闹出这么大动静,楼下的人一定会上来一探究竟。

我将手臂探得很低,终于摸到门内的把手,找到了上面的交叉插销。锁得很紧,所以他一定还在里面,因为那种门闩只能从里面锁。我觉得自己像个晒衣夹,臀部架在横楣上。我把门闩打开,然后又将身子慢慢移出来。这次可不像进去那么容易。我一度以为自己出不来,只能在那里吊一夜。后脑勺不断地撞到横梁,气窗总是压在脖子上。

我终于出来了,落在外面的地板上,接下来的事你应该能猜到,光明正大地走进去。

我突然想起一两个小时前闯进米德奈特的房间——仿佛已经是一年前的事儿了。只是这里更黑,甚至连一支闪烁的香烟也没有。置身其中,就像被困在一个沉重的黑色天鹅绒窗帘背面,阻挡了通往外界的路。除了摸不到天鹅绒,你能真实地感觉到压抑的空气。

我想:他一定在屋里,因为门闩是从里面反锁的。可是,听到我把门砸开的声音,他怎么还能无动于衷呢?

我本来打算先点燃一根火柴,但我突然意识到这无济于事:如果他在屋里,这么做只会暴露我自己。如果他是摄影师,即使是三流摄影师,那这个地方也一定有电。我转身在门框旁边的墙上来回摸索。找到肩膀那么高时,我放弃了,开始在另一面墙上寻找,可是两面墙上什么也没有。

我往前走了几步，来到房间中央，不能白来一趟。

突然，有什么东西使我的耳际发痒。我一度以为是一只蚊子或小昆虫，晃了晃头，它又转到另一边。我吓得一把抓住它，手像被什么东西拉得紧紧的，扯不开，然后另一端"咔哒"响了一声。我一直在寻找的光亮，像一道眩目的瀑布，从头顶倾泻而下，而我手里正握着那根摇晃的绳子的另一端。

长时间身处一片漆黑中，此刻我的眼睛有点不适应。一分钟后，我渐渐拿开手背才缓过来。

所见却不是我乐见的。

## 线索中断

　　这只是一间小阁楼，和想象中小本经营的摄影棚差不多。没有窗户，只有天花板中间开了条小缝。缝隙的一边屋顶是平的，就是整个房间的高度；另一边像山墙一样向下倾斜，末端只有肩膀那么高。倾斜的墙面上有一个天窗。我看到了最不愿发生的一幕。

　　这是个玻璃天窗，但是玻璃已经全部破损了，只剩下一圈带刺的边缘，你甚至可以看见夜幕中闪烁的星星。正下方的地板闪闪发光，散落着玻璃碎片。这意味着有人非法闯入。破口处下方还有一把直背椅，这意味着非法离开。因为座椅是干净的，上面没有任何闪烁的玻璃碎渣，即使特意清理过也会留下痕迹的，所以椅子应该是在玻璃打碎之后才挪过去的。

从现场不难判断发生了什么。有人从天窗跳进来,脚先着地;又从屋里爬出去,用椅子当垫脚。

这期间似乎发生了一场搏斗,至少是有点激烈的抵抗。另外两把跟天窗下那把一模一样的椅子,此刻正躺在地上,其中一把椅子的两条腿严重断裂。摄影师随身携带的便携式三脚架也倒在地板上,碎了,内脏四分五裂,好像有人急匆匆地把感光底片扳出来,又或者是在挣扎过程中被踩得面目全非。

墙上两幅作为装饰的肖像画,也从钉子上滑落了。一幅直接掉在地上,摔得支离破碎;另一幅的一角还顽强地挂在墙上。

前屋大概就是这样,是他用来陈列照片的主要地方。我走进里屋,左手边悬挂着一幅帘子,把本来就不大的房间分成了两个不相等的部分。奇怪的是,里屋没有搏斗的痕迹,或者,如果有,也已经恢复原状,没有留下任何蛛丝马迹。

我拉开窗帘往里看。这应该是一个暗室,用来冲洗胶片和睡觉。一个小长方形壁龛,一张简易床,靠墙处还有一个普通的嵌入式水槽,用来冲洗底片。水槽里的溶液依然是满的,但我把手伸进去,仔细摸索了四壁和底部,连一张浸泡的照片都没发现。

他将一根铁丝斜穿在小隔间里,一端系在窗帘杆上,另一端挂在墙上,用来晾干底片,就像晾衣绳一样,但是它们被人扯下来了,像是匆忙扯下来检查后又扔掉。它们仿佛卷曲的黑色赛璐珞叶子一样，散落在地板上。

我没有特意将底片逐一拿到灯光下检查，看看我想要的在不在其中。也不需要这么做。因为有一个更便捷的方法。我只需站着便能一眼数出有八张底片。然后我又数了数"晒衣夹"，他用来系底片的小木夹子，仍然挂在绳子上。九个！不言而喻，有一张底片消失了——从天窗出去的。

他也消失了！小床有睡过的痕迹。这很容易看出来：被子的末端仍然是漏斗形的，应该是脚的位置；上端皱巴巴的，像是被吓了一跳才站起来的。玻璃碎裂的声音，很可能是从窗帘的另一边传过来的。

他甚至没有时间穿衣服。外套、衬衫和领带都散落在地板上，凌乱不堪，布满褶皱和脚印。他们一定是直接将他从床上掳走，或者只给他穿鞋和裤子的时间，然后就抬着他从天窗出去，因为周围没有裤子和鞋子的踪影。

他并非自愿离开。房间外一片狼藉，有重物拖拽、抛掷的痕迹，说明离开之前一定经过激烈的挣扎。也许他最后失去意识了，他们不得不那样做。有一点可以证明：简易床上垂下来的床单面向窗帘，上面还有一小滩血迹，好像缠住了某人的脚。我用拇指探了探，床单还是湿的。就在刚才！就在前不久，也许当时我还在路上。就比我快了一点点！时间掐得刚刚好！但不是我！

总之，他不是心甘情愿走的，这一点我很确定。

我慢慢地走出去，比进来时还要慢。回过头，厌烦地扯了一下电源线，它在空中不停地摇摆。整个房间又回到了之前的模样，湮没在一片黑暗中。我又回头瞥了一眼夜色中这个陌生的城市，陌生的房间。一个你以前从未见过，以后也不会再见的地方。然而，比起其他熟悉的地方，我对这里的印象也许会更深刻。

最后一丝希望也破灭了。我用胳膊肘关上门，在黑暗中跌跌撞撞地离开楼梯。

## 绝处逢生

　　回去的路上,我一直在想,为什么要大费周章地回去呢?为什么还要打搅她?我对她没有任何要求。她为我做得已经够多了。经过拐弯处时,我不止一次地想就这么漫无目的地走下去,不再按记忆中的路线走,尤其是当我抄近路,穿过能径直通向港口的街道时。可笑的是,在你茫然无措,不知何去何从时,总会不由自主地朝海边走去。大概都这样吧!

　　不过我还是离开了。对我来说,那可不是个好地方,他们也一定能猜到。这么做无异于自投罗网,也许他们就在码头和装卸台上守着呢!

所以我还是继续往回走。这次似乎没有第一次那么艰难,也不像第一次那么危险。或许是因为已经走过一次了,熟悉滋生轻慢;又或许是我比来时更漠不关心,不那么在乎自己是否成功了。我已经备受打击,只想歇一歇,而我必须找个落脚处,所以还是回到最初的地方吧!

咖啡馆外的很多户外伞已经收起来了。这次经过不必再那么小心翼翼了。即使是不夜城,现在夜也深了。几家咖啡馆已经暗了,还有几家散发出微弱的灯光,桌子背靠背地堆放着。

黑暗中,有一个身着洁白西装,看起来挺富有的黑人朝我走来,问了我一些事情。不管问了什么,总之不违法,我可以从他光明磊落的态度看出这一点,但我就是没听懂。他站在那里,在我看来就像印在底片上的人像——我想,经历了这么多,我脑海里已经出现了幻觉——本该是黑色的地方,却变成了白色,本该是白色的,又成了黑色。他重复了两遍,在听到我说"不知道你问什么"后,绝望地放弃了,继续尝试找下一个人,如果那个点还能找到人的话。据我猜测,他可能只是想借个火,但我不想暴露在光下。那是回来途中发生的唯一一段小插曲。

巷口没有人看守,他们已经撤走了。我大老远就能看见道路畅通无阻,虽然隔得也不是很远。墙面色调均匀,没有黑点,没有人影投在墙上。当然,它们也有可能从角落移到了里面,但我对此表示怀疑。警察一般只会蹲守在同一个地方,只要他们没察觉自己已经暴露。

我转过拐角走进去,里面也没人。他们已经放弃并取消追捕,至少目前是这样。

接下来一路通畅。我找到楼梯口上楼,就像她之前回来时那样敲门,这样她就知道是我了。等了一两分钟——里面没有任何动静——然后她打开门,我们俩就这么站着,仿佛一切又回到了原点。

我想,她不用问就能从我脸上的表情和倚在门框上无精打采的姿势猜出一二。

"不顺利吗?"她用希腊语轻声问道。

"如果你说的是'没用',那就是了。"我用拇指把帽檐抬了抬,不然我连动都懒得动。

"好吧,快进来吧,别站在那儿了。你还在等什么?"

"我进去能做什么?"

"那么,你在外面又能做什么呢?"

我慢吞吞地挪进去,她把我身后的门锁上了。

"有人先我一步,"我厌烦地说,"他们不仅拿走了底片,连人都掳走了。"

"可恶!"她同情地叹了口气。

"这至少证明了一件事,"我告诉她,"照片上确实有什么!这也是我接下来的突破口。如果只是为了得到照片,他们大可不必如此大费周章。他们还劫持了他,让他闭嘴。因为他已经洗出照片,而且亲眼看到了那一幕，否则他们只需将他打晕，然后扔着不管便是了。而现在，照片不仅洗出来了，也印在了他的脑海里。这就是为什么他们必须连人带照片一起劫走。可惜我没有提前一个小时想到。我本来可以抓住这最后的机会。"

我推开她，伸手去开门，打算从哪儿来，回哪儿去。

她一把抓住我，紧紧地抱着我。"你不会放弃的，是吗？"

"你想让我做什么？我总不能下半生都赖在你这儿，做点轻松的家务活，警察一来就躲起来？"

"那又怎样？你怕不体面？"她目不转睛地看着我，"这是最安全的办法，中产阶级的人绝不会料到，一个男人和一个女人可以清清白白共处一室。美国的弱者更不会起疑。有一次，在新奥尔良，我和另一个家伙被锁在一个房间整整三十天——我们俩都出不去——我敢打赌，我们比住在维达多大厦那三十个房间里的一大半有钱人还体面。我们得时刻关注警察，估计连看对方换衣服的时间都没有。这里有一张小床，还有地板就够了。我们还需要什么？只有我们两个人。"

她把我推到床边坐下。

我坐在上面。

"至少先过了今晚。"

"这可能需要365个夜晚，甚至更久。我现在还有什么机会洗清自己？"

她走过来，低头看着我。"我觉得有必要和你谈谈，让你开窍。你们这些北方人总是想得很复杂，不像我们这么直接。"她用手背鼓励地拍了几下我的胸口。"你还是有机会的，这一点没变。跟之前寻找照片的机会一样，只是现在，你要找的不是一张照片，而是一个活生生的人。"

"的确，很容易。"我苦笑。

她用手势打住了我。"那么，哪个更容易追踪和发现——一个活生生的人还是一张可以塞进任何人口袋里的2乘4的小照片？你还不明白吗，兄弟，他们聪明反被聪明误！"

"你现在能肯定，他们既然劫走他，一定是他知道了一些对你有利的事，洗照片的时候看到了些什么。你现在掌握的比之前更多。"

"我累了。"我插了一句表示同意。

"之前只是猜测，现在已经能确定。这跟你亲眼看到照片是一样的。"

目前看来，她的推理没问题，但我无法理解她的意思。

"就算我知道，警察也不知道。我无法说服他们，况且我从不认为自己有罪。你该告诉他们，不是我。"

"但我可以帮你理清思路，洗清嫌疑。虽然机会渺茫，成功的概率可能只有十分之一。这完全取决于你是否愿意拿自己的生命作赌注。"

我苦笑了两声。"冒再大的风险我都在所不惜，哪怕成功的概率只有二十分之一，甚至二十五分之一。我现在的胜算有多大？你不会直说微乎其微，对吧？不管怎么说，她都不在了，生命于我还有什么价值？我打算背水一战。"

她拍拍我的肩膀，长叹一声。我想，这也是赞许吧！"对，就是这样！你终于想明白了。"

"你打算从哪儿下手？我们来听听。"

"听我说，就是从这里。只需让他们来劫你，就像他们劫那个摄影师一样。你知道我指的是谁吧？你要做的就是落入他们的手中。不过，一定要看似偶然发生，而不是故意安排。"

"我不明白。他们会立马把我交给警察，这不就是我整晚一直在逃避的事情？"

"不，他们不会的。你还不明白吗？他们不能再这么做了。他们也不敢。你也知道，为了让摄影师闭嘴，他们掳走了他。现在，你是唯一的知情者，却突然消失了。所有人都不能无视这个事实：你并不是凭空捏造的。摄影师确实存在，但他现在在哪里？好吧！所以即使你依然不能洗清嫌疑，你也可以把罪行推给他们。我跟你打赌，他们一定也会想到这层。所以，如果你神不知鬼不觉地落入他们手中，警察永远不会再看到你。只有死人才不会开口讲话。"她手指一弹，似是从我肩上拂去一粒灰尘。"你现在听懂了吗？"

"当然！重点是我那时命都没了！看来这不是个好办法。就这一点而言，我不如现在就在这里割喉自刎更省事。"

她挥挥手，动作轻柔。"等一下，别把事情想得一团糟。他们不可能放走摄影师，因为他会把照片的事告诉警察。一旦他们抓到你，也不可能放你走，因为你会把摄影师的事告诉警察。"她摊开双手。"现在明白了吗？"

"明白了，但你凭什么认为摄影师还活着？你的意思是，一旦他们抓到我，我就完蛋了，他不也是这样吗？道理是一样的。"

"他一定还活着。他们没有在房间直接了结他的性命就足以证明这一点。他们为什么要扛着一具尸体走，何况不是平路，还要穿过天窗跳下屋顶？他们要么带走他，要么留下他。"她在自己的喉咙上猛地划了一下。"他们既然掳走他，他就还活着。至于能活多久，就是另一回事了。他们可能会将他扔在镇子外的某个地方，在那里人们不会轻易发现他的尸体，也可能将他扔到一个根本不会被人发现的海里去喂鱼。"

"我想，如果我落入他们手中，这也是我的下场。这就是你的计划吗？"我朝她咧嘴一笑。

"这只是我计划中的一部分。第二部分必须立即跟进，就像电影里演的那样。如果没有，那对你来说太糟糕了。这就是我之前提到的十分之一的成功率。第一部分是，你落入他们手中，他们打算把你干掉。第二部分是，你和他们都落入警方之手，真相水落石出。到时候警方自然会很愧疚,也就不计较过程了。谁绑架了谁?谁想要谁闭嘴?你想除去他们,还是他们想除去你?他们有两个好球,就像我们以前在坦帕(美国佛罗里达州西部港口城市)说的那样。你和摄影师,他们试图让这么多人闭嘴,自己已经站不住脚了。你觉得怎么样?这是个好计划,是不是?"

"有点意思!希望每周二晚上9点或9点15都这么有趣。"

她略带责备地摊摊手:"这是我们唯一能做的,不是吗?你想表达什么?还是你有更好的想法,说出来听听。"

"这确实是我们唯一的办法,"我无力地说,"也只能这样。你不要误会,我并不是在砸你的场。"我从小床上站起来,前后整了整粗布衣裳。"我还是很愿意抓住这十分之一的机会;对我来说已经很好了。即使机会只有五十分之一,我也在所不惜。但问题是,这个方法可行吗?稍一推敲,就有漏洞。能付诸行动吗?"

"为什么不能?"她急切地问。

"我们来从头捋一捋,这可能要花一整晚。首先,我得落入他们手里,我连他们是谁,在哪里都不知道,现在你能告诉我,怎么找到他们,如何落入他们的手中?你想让我怎么做?整晚在街上晃荡,胸前戴一块夹板,写着'我在等你们来抓我'?"

"别这么搞笑。"她笑得花枝乱颤,连忙用手捂住嘴,无意间碰到了我。

"哪怕是面对面,我也不认识他们,"我喃喃自语道,"他们可以是任何人。"

"别说了。"她吐出雪茄烟蒂,伸手到蜡烛旁,让烛焰吞没它。"任何为了利益捆绑在一起的人都有薄弱点。现在他们就在你周围,只要我们坚持下去,就一定能找到薄弱点,逐个击破。"

"那你说我们该怎么办?"我有点闷闷不乐。

"在某种程度上,那个肥胖的中国人,蒂奥·秦,肯定也参与其中。这一点是毋庸置疑的。所有的故事都是从他那里开始的。有人故意将你和她引到那儿去,他调包刀子,伪造收据,让你在警察面前百口莫辩。"

"真想揍他一顿。"我阴郁地点点头。"我都在这儿待了这么久,为什么不回去打肿他的脸,好泄泄气。"

"沉住气,"她把我拉回来,说道,"你闯回店铺,揍他一顿,这些都于事无补。你根本不可能从他那里套到任何讯息。他只会像被卡住的猪一样尖叫。警察会再来找你,一切只会回到原点。而那把刀和那张收据,以及其他所有的指证,证据确凿,仍然有效。"

"但是你的观点前后矛盾,不是吗?你刚刚还说过,他们会抓住我,不会让我落入警察手中。"

"当然,但是你得以正确的方式,让他们来抓你。只有当他们认为你并不是故意的,或者你不知道他们是谁,或者你对他们构不成威胁的时候,他们才会下手。如果你去古董店,把人揍一顿,他们就不会去抓你,因为他们知道你是故意而为之。此外,秦并不是主谋,他只是听命行事。他从没有见过你,陷害你有什么好处?他背后一定有人。"

"这不难猜,一下子就能联想到佛罗里达。如果如你所料,这个秦听命他人,有人在背后支持他,那他一定在为罗曼做事。"

"接下来我们要做的,就是理清他们之间的关系。这两人到底有什么交集?一旦弄清楚,我们就可以找到着手点,就能按计划让他们来抓你。"

我把帽檐往后推了推。"那么,佛罗里达州的一家大型夜总会运营商想从哈瓦那的中国代理商那里得到什么?秦在这里经营古玩和古董,而罗曼的俱乐部根本不需要那些东西。甚至连他自己的房子里也没有,全都是亮闪闪的现代化风格。但他们之间肯定存在某种形式的交易。"

"你过去常常替他开车。难道没有了解他真正的生意,真正的收入来源是什么吗?"

"只知道一些显而易见的生意,比如夜总会、赛马等等。"

"这些生意也有淡季。俱乐部停业时,他有没有北上,去别的地方经营?"

"没有,他一年到头都待在那儿。"

"那他就不仅仅是靠夜总会生活了。一年九个月淡季,他的钱从哪里来?"

"我不知道,"我承认,"那都是在屋里进行的交易。别忘了,我都是在屋外，大部分时间坐在驾驶座上。"

"她在屋里。她嫁给了他。她没有告诉过你什么吗？"

"她知道的不比我多。她的确收到了许多钻石，至于这些钻石从何而来，我想连她自己都不清楚。"

"我就不一样。对每个人都有所了解，这是我的座右铭。"

"他太谨慎了。"

"她一定无意间说过什么，即使她自己也不清楚。任何女人都会告诉她爱的男人关于她不爱的男人的一切，这是女性的本能。试着回想一下，好吗？某天早上，她单独一人和你上了车。就是这时候——一定是这样——要是你能想起来就好了。"

我一遍又一遍地回想着逝去的一百多个早晨。那时我们飞速驶出车道，开到我们所能到达的最远处，然后偷偷拥吻。我突然回想起一句话，众多言语中的一句。

我向她竖起一根手指。

"什么是 guava？"我问米德奈特。

"为什么这么问？说来听听。"

"我先问你的。"

"这是一种水果糊。像橡胶一样结实的东西。"

"有一次她提到这个。她问我，就像我刚刚问你的一样，但我回答不了。一天晚上她无意中听到了一些事情，第二天在车里告诉了我。你知道的，我们常常把车停在一旁，然后一坐就是几个小时。"

她对我们这些情情爱爱不感兴趣。"没兴趣，但你继续。"

"她会把每一件小事都告诉我，不管是一天前，还是两天前，不管是什么事。这就是其中一件小事。也不是什么重要的事。最后没话聊才随口提的，只是为了有更多的话对我说。"

她饶有兴致地搓着双手。"不管怎样，我们来听听看。"

"给我一分钟，看我能不能完完整整地回忆起来。一天晚上，电话铃声把她吵醒了。凌晨4点钟——就是这么一个荒唐的时刻。电话就在他们床边。当然是找罗曼的。他把电话接起来，然后她听到他说，'等一下，我去楼下跟你说。'然后不嫌麻烦，穿上睡袍和拖鞋，下楼接电话，而他本来可以在卧室里接的。听筒里传来的刺耳的声音吵得她心烦意乱。尽管半睡半醒，她还是伸手把听筒放回去并合上。只要她在，他一般不用听筒。她把听筒放在耳朵上听了一分钟，以确定他在楼下，所以才无意中听到这段对话。这段商业谈话。唯一让她感到奇怪的就是这个特殊的时刻。"

"她听到了一些？"

"只是一点点。他正在和一个人谈话，显然是为他工作的人，那个人说：'可是，老板，我不能让汽艇整夜不停地兜圈子。我总得找个地方卸货吧？'

"罗曼骂了他一顿，对他的拖延感到很恼火。她听见他说，'昨天飞机为什么没有按时着陆呢？你把一切都打乱了。现在我得再

派一辆卡车到那个鸟不拉屎的地方去接它。'

"那人说,'我们也没办法,另一头出了问题。'

"罗曼想了一会儿,然后她听到他说,'好吧,既然卸下来了,就待在原地别动。天一亮我就派卡车过去。有多少 guava?'

"她听见那人说,'五打,三和二。'她就听到这些,然后挂了电话又睡着了。她只是顺便提到,并没细说,我们都不知道这背后是什么。

"我觉得,听起来像走私。"

我点了点头。"货到了。晚上,在海滩上某个偏僻的地方。然后他派一辆卡车去运送,大概就是这样。那种水果糊长什么样?产自哪里?"

"这里许多杂货店都有卖,很常见的。层层包裹,装在雪茄大小的胶合板盒子里,差不多这样。"她的手比划出一个长方形。"一般不超过两英寸深。"

"我不明白。他的那些俱乐部——在那里也没有销路。"

"这也不需要关税,没有理由偷偷运送,应该不只是水果糊。"

"是啊,那会是什么?我当时想,也许是朗姆酒或其他什么东西,他想逃避联邦税收。那时候我还不知道这些东西是怎么包装的。但朗姆酒必须装在桶里,不可能装在又小又平又薄的夹板中。"

"大约十天后,"我不加思索地补充说,"他送她一串极大的钻石手镯,又给折翼的天使上了一层枷锁。我不知道这是否与那个电话有关。我记得，当时她和我坐在前排，厌恶地把手镯从手腕上扯下来，仿佛想剥掉一层皮，然后扔到后座上，还吐了口水。

"所以不管是什么东西，总之回报率很高。他既然出手这么慷慨，肯定比朗姆酒或其他任何东西都赚得多。继续想，继续说，看看我们能不能找到线索。"

我不知道我们坐了多久，试图解开疑惑。我想象力不丰富。我想过可能是朗姆酒，又没有其他思绪。我还想过可能是所谓的白人奴隶制，但也放弃了，人也不可能装在雪茄大小的盒子里。

房间传来一阵恶臭，我摇了摇头，试图让自己清醒，好继续思考。我对她皱起鼻子。"哎呀，太臭了，是什么味道？"

之前她出门，我一个人等她的时候，也是这股刺鼻的气味一直困扰着我。它似乎又飘过来了，也可能一直就在附近徘徊。闻起来有点像烧焦的羽毛，又有点像酸面团。

"哦，是他在里面。不用去管他。"她指了指身后的那堵墙。在随后的片刻寂静中，隔壁传来了一阵低沉的呻吟声，听起来像是一个睡梦中的人在痛苦中辗转反侧。然后是轻轻的一声"呲"，又归于平静。"他可能只是半夜醒过来，点了根香烟。这种情况时有发生。"

她突然闭上嘴，看着我。我也看着她。就在那一瞬间，我们俩似乎都明白了什么，恍然大悟。

"我想到了！"她脱口而出，还打了个响指。我也想到了。

"鸦片！生鸦片嵌在水果糊里。可能夹在两层中间，装在你告诉我的那些小盒子里。这才是他真正的收入来源！不是明面上的俱乐部。每走私一次都有百分之一千的利润，甚至百分之一万。"

"这就是他和秦的联系。秦从东方进口古玩、罐子、花瓶，还有精美的盒子。我敢打赌，这些东西瓶底都有问题。然后他在这里转船。这里只是中转站，不是始发点。但是从这里进口要比直接从中国进口容易得多。中国这方面查得很严。所以，秦算是——不知道用英语怎么说——"

"中间人。"不过，我现在满脑子想的都是她。难怪她讨厌他送的那些珠宝。难怪今晚上岸时,她还想把它们都丢掉。我很确定，她不知情。但是她的直觉告诉她,这些东西来路不明。一定是这样，她才厌恶至极。我记得她曾经说过，每天晚上，在黑暗中，它们都在梳妆台上用滑稽尖锐的声音跟她讲话。那是来自地狱里迷失的灵魂的声音。

我把手从眼睛上移开，睁开双眼。出门前，她在门口停了一会儿。突然弯腰，把裙子下摆往上提，那一刻我还以为她要把裙子全部脱掉。她摸索到了袜子的顶部，最终还是放下裙子。

"你之前给我的那些钱，我突然想到它们的绝佳去处！"

我看着她，不知道她要做什么。

"它们会跟你说话吗？它们能听懂你的话吗？它们能告诉你什么吗？"她朝我挥了挥那叠钞票。

"即使是在噩梦中,金钱也会说话。我正在给他播种一些新的希望,不是吗?可能有一位新人要加入我们,为他的金钱梦而奋斗。"

## 以身犯险

她在里面待了很长时间。他们好像沟通得很困难。我不知道她是怎么做到的。不过，她似乎知道怎么把他从高空飘浮的罂粟花云端带回地面。也许她以前就这么做过，也许只是她的本能和常识告诉她该怎么做。就像一个经常沐浴阳光的女人知道如何照顾生病的人，即使没有任何护理方面的培训，也可以凭直觉。而她，身处阴暗的社会底层，却知道如何应付一位瘾君子而不被传染。

我隔着墙断断续续地听到她的声音，我的血液间或变得冰冷，完全是反射性的恐惧。并不是这些窸窸窣窣的声音听起来可怕——声音本身很常见——而是我知道的详情让我反胃。

起初,只有她一个人的声音,无人回应,单调,固执,一遍又一遍地重复着相同的话。偶尔会停下来,然后再继续。也许是她贴着他的耳朵讲。可当我回想起他的模样,我便迅速把这个想法从脑海中抹去了。一个短语,重复了一遍又一遍,即使是在另一个房间,也听得想发疯,想揪住自己的头发。也许她在说"醒醒",或者"跟我说话",又或者只是叫他的名字。我听不懂。

然后我听到一个锡制汽油罐掉在地板上叮当作响,还有水倒进更小的容器里的声音。她一定是在想办法烧水,也许他屋里放了个小酒精炉。这花了一段时间。与此同时,那声音还在机械地继续,听着好像唱片上的顶针卡住了。然后又有水声传来,这次晃动得更轻了,好像是水里浸了破布。接着是一阵模糊的拍击声,好像有人用临时准备的热毛巾在击打什么。

现在,她的声音听起来更像是在呻吟和悲伤地啜泣。然后她似乎又失去了他,他一定又进入了飘飘欲仙的境界。突然"砰"的一声,好像有人从半直立的姿势轰然倒地。

我的心也跟着砰砰直跳。

击打声更响了,就像用鞭子抽打的声音。现在不是用浸透了水的布,而是用手掌拍的。

突然,一切都静止了,她回到了我们自己的房间。门"砰"的一声开了,她站在门口,上气不接下气,额头上湿漉漉的,一缕头发垂到眼睛上方。

"我差点儿就要得手了！但是他又离开我了！快，给我一支你的香烟！"

我不明白，我反应很迟钝。我想了一会儿，还是傻傻地以为她想要的是雪茄。她一把从我手里夺过香烟，猛地塞进嘴里，在蜡烛上方弯腰点燃，然后又回到隔壁房间，身后只留下几缕黛青色的烟雾。

她转身离开后我才明白她想要什么。但她曾说过,她从不抽烟,只抽雪茄。我想，雪茄的成本也不低吧。

"这些声音再听下去，我都会疯掉。"我对自己说。烟雾以螺旋形四处弥漫环绕，越绕越小，最后趋于静止。

隔壁传来痛苦的呻吟声，响亮而清晰，驱散了所有的烟雾。我努力不去想，但还是忍不住好奇，她到底要花多少时间才能把他稳住。

她做到了，呻吟声停止了。只剩两个声音在低声嘀咕。

这部分也花了很长时间。我想她必须赢得他的信任。但我想，那些钱也帮了一些忙。应该是的。钱虽渺小，却也是赢得信任必不可少之物。

最后她又回来了，摇摇晃晃地回到房间，面色铁青，疲惫不堪。你会忍不住怀疑，是不是瘾君子的后遗症转移到了她身上。她脸上的表情就像刚刚从高处瞥到地狱深处的人，还来不及逃离似的。

关上门那一刻，她的牙齿还在打颤。"我宁愿去死。"她说完打了个寒战,裹紧披肩,明明哈瓦那的夜晚很热。"朋友,我能喝杯次白兰地酒吗?"她猛地坐到椅子上,胡乱扯自己的头发。

"你应该让我去。"

她眼都没抬就朝我挥手。"你根本靠近不了他。他可能一看见你的脸就会失去控制,拿刀砍你。比起古巴人,他们往往更害怕美国佬。"

我什么也没问,让她坐着休息一会儿。我就一直盯着她,心里默默感慨,居然在最不可能的地方,在粪堆和灰烬堆中发现了金子。她是为了我才这么做。为了我去靠近地狱中的恶魔。而一两个小时前,她甚至都还不认识我这个人,为什么?她想从中得到什么?可能性高吗?我居然在最有趣的地方发现了闪闪发光的金子。

"我们猜得没错,就是蒂奥·秦,"她平静地说,"我可以从他的描述中分辨出来。只是他也没见过秦本人,所以你要做的就是把这两件事联系起来。古董店只是用来掩人耳目的。他们真正去的地方,是一个叫'伊内兹妈妈'的低级酒吧。就在下一条小巷附近,背靠着古董店。那个地方我也知道,因为经常路过。都在同一个屋檐下,明白吗?没有人叫'伊内兹妈妈',就是个店名而已。它是一个集餐厅和商店于一体的地方。如果是一个闷热的夜晚,你在街角就能闻到刺鼻的味道,感受到里面的鱼龙混杂。"

"你觉得我进去,有机会发现什么吗?"

"不可能。"她直截了当地答道。

"那么——"

"但是你得和他一起去。和他一起去地狱经历一圈,才有用。"

"听起来很振奋人心。你的意思是买根烟斗,然后——"

"听着,他们干这一行的又不傻。你以为他们对满大街开放,你只要递给他们一张卡片,说'乔送我的'就行?然后人家就会允许你光明正大地进去参观?"

"好吧,我可能刚介绍完就被人家抓了。"

"这正是我们想要的,不是吗?"

"让他们抓住我没关系,但这只是计划的一半。我们怎么让警察介入呢?我一旦被抓,就没有自由了。"

"那你认为那时候我在干吗——坐在这儿修指甲吗?我也要跟着你们俩到这鬼地方去。不过我得跟你们保持点距离,别人才不会注意到我。你进去后,我就在巷子里闲逛。一个女孩在那附近晃荡不是什么新鲜事。"

"那你怎么知道?我又没法跟你说。如果我在他们抓住我之前给你发信号,那太早了。如果等他们抓住我以后,我就根本不能给你发信号了。"

"那我们得制定一个时间表。比如你进去后,我等一个小时。"

"那时间应该足够了。如果他们真要抓我,到时候早抓了。还有一件事,你怎么知道他们会听你的?"

"警察吗?他们当然不会。所以我才不会浪费时间告诉他们你是无辜的,或者你被人抓了,或者其他什么。我只会跟他们说,我看见你进去了,我知道哪里能找到你。他们本来就在搜捕你,不用跟他们浪费口舌。我是告密者,送猎物上门,明白了吗?我提供线索,还能给自己赚点赏金。警察一旦进去,剩下的就让他们自己去发现。"

"还有一个棘手的问题。我怎么知道一个小时有多长?我没戴手表。"

"我怎么知道?我也没有。你可以通过感觉来判断时间,你没试过吗?很容易的。感受时间就像看时钟一样,很简单的。"

我突然想起一件事,不禁笑了起来。"假设你感觉一个小时很漫长,而我感觉过得飞快,我们不是错过了?"

"啊,闭嘴吧!"她粗鲁地打断我,"现在不是开玩笑的时候。笑到最后才是最好的。"

门外传来一阵轻轻的拖脚声。

"你的护卫来了。他会带你进去,告诉你怎么做。否则,你自己在街上逛,可能连路口都找不到。你也知道,你是白人,他们不信任你们。"

我有点怯场。"这么说,我还得以身试毒吗?"

"你最好别碰,如果你还想算准时间的话。那些东西会把你的理智和时间击得粉碎。它会让一分钟感觉起来像一个小时,也可以让一个小时像一分钟一样。我想,如果有必要,你可以用某种方式伪装，比如在鼻子里塞一些棉花，或者别的什么。"

她半是幽默，半是同情地看着我。"你害怕吗？"

"当然害怕，"我烦躁地说，"你以为我百毒不侵？但我会坚持下去。"

"我很高兴你承认了，"她说，"如果你说不怕，我会在心里认为你是骗子。我也不想这么对待我的朋友。我是个坏女人，但我是个诚实的坏女人。我也害怕——为你感到害怕。但我要完成我的那部分任务。"她耸了耸肩。"永远记住，从现在开始，哪怕过了一百年，时间的流逝对我们来说都是一样的感觉。"

"从现在开始的100分钟，时间对我们俩来说一样煎熬。"

"你最好马上出去——趁他站起来还没躺回去之前，否则我又要费力叫醒他。我稍后出门，再跟你联系。"

她说的最后一句话是，"不要东张西望。我会跟在你后面。"

她打开门，映入眼帘的是一幅烛光闪烁的恐怖画面。你以为它会像烟一样随风飘动，但它却挺立不动。

"库恩，这是我朋友。我跟他说过，你会帮他安排好。他很长时间没有飘飘欲仙了。"

那具尸体没有回答，只是看着我。我其实也不知道他是否真的看见我了。

为了使他信服，她又对我说："你清醒了再来看我。"随后假装关上门。

我示意他先下楼。我不想走到一半的时候，他突然从我身后滚下来。他在街道入口处停了下来，仿佛扎了根，一动不动，好像他只能走到这里。

我翻遍全身衣物，递给他一些钱。他摸索着塞进自己的口袋，然后继续往前，走到小巷里。钱就是他前进的润滑剂。

我们慢吞吞地蠕动到巷子口。他突然跟我说话，不过连看都不看我一眼。他的嘴总是半张着，好像在喘气，你甚至分不清他什么时候要说话。

"你和米提雅·诺奇认识很久了吗？"

我发现我得谨慎一点。他并不像看上去那么迟钝。

"从以前就认识。我也认识她丈夫，和他们俩都是朋友。"

这个回答一定没有破绽。他也很精明。

"他活在她心里。她不是为了爱。这一点整条街的人都知道。"

我们一起出了小巷，从另一条路拐了过去，这条路和我以前走的那条完全相反。两个怪异的身影并排走着，去往一个陌生的地方，带着一个不可深究的目的：一个是手脚修长的商船水手，另一个是弯腰驼背、满身泥污的幽灵。

周围没有灯光，他一定有朝我这边看过，虽然我意识不到。不过，当他说话的时候，视线就转移了。这一切令人毛骨悚然，好像他的眼睛长在头部两侧。

"你从来没有飘飘欲仙过。你身上没有任何记号。我们能认得出来。"

我的喉咙哽住了一分钟。"我想从今晚开始。生活艰苦,我想暂时忘掉它。"

他的肩章耸了耸,那是他瘦骨嶙峋的肩膀。"反正你已经付钱给我了。"

我们走进一条新的巷子,比米德奈特家那条巷子宽一点,直一点。不过也仅仅是一点点。前方有一家店,离秦的古玩店还有一段距离,门口透出几缕光线,从一张铺开的竹帘的缝隙里透出微光。我们还没进去,我就知道一定是这里了,因为它与另一边隐蔽的古玩店并排。我很害怕,毛骨悚然,感到从未有过的恐惧。

它就像是最后一个停靠港。我越过黑暗和恐惧,一路向前,越走越低,最后到了一个无底深渊,再也没有比这更低的了。

斑驳的灯光映在我们身上。他把手伸到门边,从百叶窗一侧斜向上,拉开帐篷大小的间隙,弯着腰从里面钻进去。他的手在身后甩了一会儿,示意我跟上。

我独自站了一会儿,青灰色的光影打在我身上,从头到脚。我伸手捏了捏自己的脸庞,前额,嘴巴到下巴,然后爬上百叶窗,弓腰前行。

## 深入虎穴

我从未见过这样的酒吧，估计以后也不会见到。酒吧遍布世界各地，马赛的老城区酒庄，阿尔及尔的宫廷式酒庄，布宜诺斯艾利斯的博卡酒庄。这里是所有酒吧的缩影。在一个令人窒息的大锅里煎熬，喘息，流汗，咒骂，咆哮。小巷里即使臭气熏天，至少外面的夜晚是晴朗的。步入这里，就像身处一团明亮的烟雾之中，脚下的水蒸气不断喷涌而上。你可以透过它看到一切，但一切又都不那么清晰，朦朦胧胧，摇摇晃晃。

相衬之下，"邋遢乔"酒吧虽俗气却单纯，倒像豪华酒店。这里人潮涌动，令人不由自主地想起蛆虫，在迷离闪烁的油灯下，蠕动在阴暗狭小的空间里。黑种人、棕种人、褐种人、黄种人——各个种族——每个种族的垃圾都汇聚在这里。也有白种人，但相较其他种族，他们只占少数，比如海滩附近的流浪汉、不定期出海的水手、码头上的混混、暴徒等。这里跨越了种族界线，但这只会增加恐惧而已。不过我只是匆匆瞄了一眼，便拉低帽子，紧跟在他身后。

我们慢慢地穿过人缝挪到后面，他走在前面，有时甚至得踩着他们的脚才能过去。有只手伸到了我的肩膀——我猜是女人的——我头也不回，继续往前走，她只能无力地缩回去。

他坐在一把木制长椅上，背靠着后面的墙壁。那面墙的前面有张无人认领的桌子，桌子的另一头重重地压着一个呆滞的、湿漉漉的脑袋。我发现了一把暂时没人坐的椅子，把它拉过来，坐在他旁边。

没有人注意到我们，我们只不过是一堆蠕动的蛆中的两只而已。

"发生什么事了？"我忍不住问。

"没什么，还为时尚早。他们看见你和我在一起了。"

一个侍者身着沾满汗渍的发霉的衬衫，给我们端来了两瓶发臭的啤酒，闻起来就像刚从长满苔藓的啤酒桶里捞出来的一样。这个地方只有先付钱，他们才会把你需要的东西端上来，不会放在显眼的地方。对于有些顾客，他们不得不这么做。

我们侧后方有一扇不太显眼的门，门边坐着一位看似收银员的人，盯着一份中文报纸。一个又一个侍者走到他跟前，拿钱换取东西。

"我们一定要喝这种东西吗？"我问。

"你抽烟吧，"他说道，"我示范给你看。"

我们各自点了一支烟，我看着他怎么做。不过他似乎什么也没做，只是坐在那里昏昏欲睡，任其在手指间燃烧，连烟灰都懒得抖落。过了一会儿，燃烧的烟灰积累到一定重量，就自动掉落到桌上。

我转头看收银员。他依然全神贯注地盯着那份竖立的中文报纸。报纸遮住了他的大半张脸，只露出眼睛。

"别转头。"

我转回身来。

他把前臂平放在桌子上，用胳膊肘作支点，甩了甩衣袖，掸去了烟灰。一边掸两下，另一边再掸两下。

如此讲究与他邋遢的外表一点都不符，所以我想那一定就是暗号了。我也猛地一抖，烟灰"啪"一声落到桌上，然后放平胳膊，朝一个方向甩了两下，又朝另一个方向甩了两下。

我环顾四周。收银员离开了他的座位，好像厌倦了读报。他开门进去，随后关上门。就在关门那一刻，他的头还朝我们这边瞧了瞧，又迅速转回去。

库恩瘦骨嶙峋的手指伸到我的手臂上,压住我。"等等,还不行。这里有很多只眼睛盯着。"

我们又坐了一分钟,他才解除对我的牵制,把手从我身上移开。"你先走,穿过那扇门。慢慢走,什么也别说,我会跟在你后面。"

我先站起来,在桌旁停留了一会儿,然后慢慢地挪向那扇门。总之,不能径直走向那个污秽的地方,必须迂回曲折,才像漫无目的地溜达。

我走到门边,漫不经心地环顾四周,似乎没人注意到,于是赶紧拉开门走进去,随后立即关上门。

喧闹声突然停了,这是我进入这里后第一次思考。前面是一条阴暗凄凉的通道,亮着一盏孤零零的油灯,还有一个楼梯,与地面成直角,陡然上升,最后消失在一块横木里。

收银员站在黑暗中,一动不动,好像在等我。

他说:"你想要什么?"

我没有回答。

他说:"你走错门了,出去的路在那边。"

一束闪烁的灯光射进来,伴随着一阵嘈杂声,库恩也进来了,关上门站在那里。

他走近收银员,袖子上好像沾了些灰。他一脸严肃地拂去灰尘,就像刚才在外面一样。一边两次,另一边两次。

"我的手不太稳。"他道歉道。

"也许你需要休息一下。"收银员建议道。但他真正担心的是我,一直盯着我看。

我领会到了他的意思,也像库恩一样,漫不经心地用手在袖子上拂了两下。我刚才就猜测,这可能是一种很愚蠢的手势暗语,如果真是这样,也只能照做了。

"也许打个小盹,小憩一下——"收银员咕噜道。

"能撑得住。"我说。

收银员暗示性地搓搓双手。

我偷偷塞给他一张米德奈特还给我的钞票,然后又给库恩一张。

他没明着接,但转个身,钱就不见了,就像变魔术一样。"去楼上看看。也许他们能为你做点什么。"他走到楼梯下,用中文叫了些什么。一个带喉音的回答从楼梯开口处传出来。

库恩用手肘推着我往前。"走吧。"他说。我开始往上爬。

我的头刚探出地板就闻到一股浓烈的味道。很可怕。不过我本来也没期待这里会出现玫瑰的芬芳。我只能尽量屏住呼吸。

楼梯的构造很奇特。它不是内置的。爬到顶部时,我看到上面有一个抓升钩,类似消防员使用的伸缩梯,可以从上往下放,也可以从下往上切断。楼梯旁还有两个像翅膀一样的襟翼,可以折叠起来覆盖住天花板上的楼梯缺口,是防止突袭的绝佳藏身地。

有个人站在那里,等着我慢慢地穿过地板。他看起来凶神恶煞的，不过我也没期待过在这里遇见善良可爱的丘比特。他僵硬地提着一盏灯笼，在我们经过时认真审查。其他地方依然笼罩在黑暗中，只有那一盏小灯发出微弱的光。我走过去，没一会儿，库恩也跟上来了。

我们走在一条过道里，感觉跟楼下那条差不多。它的一端通向一个巨大的裂口，一道微弱的红光从侧面射进来。

他招呼我们跟在他身后，一副轻蔑无礼的样子。他在前面走，灯笼投射出的阴影时而笼罩着我们。灯笼把我们引到一个相当宽阔的地方，没有任何一扇门。旁边有一把倾斜的椅子，他就在那里站岗。我们跟着他进去，里面有一个小炭盆摆在地板上。那就是红光的来源。炭盆周围三面都是双层铺位。

这里充斥着浓烈的树胶气味。四周一片死寂，连低声耳语都听不见。你分辨不了那些铺位里有没有人，或者他们在外面冻着，或者偷偷地看着我们，或者别的什么。想到这儿我便毛骨悚然，这骇人的沉寂。至少，一个咕噜声或一声叹息也能令人安心点。

我知道自己已经吓得晕眩无力——不过我还抱着希望——我能很快克服。你可以适应任何事情，但必须确保在自己的能力范围内。我甚至能感到前额汗如雨下，冷冰冰，湿淋淋的。

他把水汪汪的灯油泼在几张铺位上，点亮，远离——也许里面有人，我看不见，也没想认真看——然后转向另一个方向，又泼在几张铺位上。随后咕哝了几句，用拇指示意我们继续往前走。

也许他是个凶残的杀手,但对于经常出入这里的人来说,他也没有多少"用武之地"。

我弯腰匍匐前进,好像七魂六魄都丢在原地。这种感觉就像——我不知道如何形容——慢慢爬进棺材里。不,比那个更糟糕——至少棺材是干净的,没人用过。

库恩把膝盖伸到木制梯子上,我狠狠地推了他一把。"快出去!"我愤怒地说。他又起来,重新放上去。我眼睁睁地看着他艰难地爬到上铺,只能随他去了。

他扭动的身躯渐渐从视野中消失。侍者向我弯下腰,伸手拿出一根烟斗。我双手接住,好像捧着什么簧乐器似的。他转过身来,拖着拖鞋走到门边的火盆旁,把火扇起来。

我捧着烟斗,竟然觉得无比沉重。我把手伸进米德奈特为我准备的水手服里,抓住汗衫并撕下一块,塞进嘴里,含好,然后靠近烟嘴。即使如此谨慎,我依然害怕麻烦会接踵而来。

他拿着一把火钳回来,夹着少许燃烧的煤块,投入烟斗。药丸放在一个浅浅的纽扣状小碟子里,碟子靠近烟斗的一端。应该是用那个抽大烟吧。

然后,他让我一个人待着,我强忍住,不让自己立即厌恶地倒下去,他才把注意力转向上铺。

他检查完就回到外面的岗位上,灯笼也提出去了。里面的色调瞬间就变了,四周阴沉沉的,一片灰暗,就像午夜时分从噩梦中醒来一样。

他一走，我立刻把那鬼东西放下来。我怕一沾上就变得呆滞木讷，不管怎样，即使只是短暂的绝缘接触，我还是赶紧把嘴里的棉布拉出来，用撕破的衬衫一角捂住嘴，吐得昏天暗地。

我一动不动地待着，用胳膊肘撑着身体，汗如雨下，最后才慢慢平静下来，鸡皮疙瘩渐渐褪去。不知道为什么，过了这么久，我的牙齿还想打颤，但我抑制住了。

我感觉时间流逝得很快，好像已经过了半小时，我得开始做点什么，得看看自己能做什么。

我先坐起来，脱掉鞋子。那种西方的硬底鞋，不知道你们怎么称呼。我得悄悄在后面跟上他。我把鞋子藏到床后，穿着袜子朝那可怕的地方走去。

一眼就能发现遮板墙后面的他。他的坐姿只露出一缕消瘦的背影：半个头，一只肩膀和一条胳膊。

我可以赤手空拳出去，但我不能冒任何风险。我得确定自己占上风，而且整个过程必须快准狠，悄无声息，否则对我没任何好处。我挪到火盆旁，拿起他之前用过的手钳。手钳不是很大，但起码足够重，是铁制的，带着总有点用。我把它们随身携带着，给自己壮壮胆。

从这个角度，我只能瞥见他的头。甚至为了看清楚，我不得不出来一点，绕到他的右侧，这是一件极其危险的事。挡板遮住了他大半个头和背。我有预感，他已经醒了，虽然他依然一动不动地坐在那里。

就在最后一刻，他眼角的余光捕捉到了我的动作，但为时已晚。他立即把头转向我，而这正是我想要的。我只挥了一次，就像一个打桩机一样——没有时间尝试第二次了——他吸了一口气，试图蓄力大声叫喊，但心有余而力不足。他从椅子上侧身滑下来，像一个转轮一样擦过墙壁，瘫倒在地板上。我等了一会儿，看他是否真的昏倒了，的确已经不省人事。

我叉着他的腋下把他拉起来，拖进去。我想，如果铺位上有睡眼惺忪的人看见我这样做，也只会以为这是他们梦中又一个不真实的场景。整个屋子鸦雀无声，连翻身的声音都没有。我用自己铺位上的破布把他五花大绑并塞住嘴巴。然后我拿起灯笼走出去，环顾四周，想看看自己所面临的处境。

从这里出去，只有一条路，沿着昏暗的通道一直往后走。从楼梯原路返回没用，只会再回到起点。

我踩着袜子，提着灯笼，小心翼翼地往前走。途经几扇门，认真一看，似乎都只是一些小的供应间或储藏间，堆满了空纸箱和包装箱。从堆积的方式看，这些箱子似乎是留着以后用的，而不是已经用过的废弃品。有什么用途，我大概想象得到。

我继续往前走，通道尽头是一片平地。乍一看，它似乎和沿路铺着的那些开裂发霉的灰泥一模一样。然而，这条路不会无缘无故到此结束,这么长的通道,只是通往一块空地。而且,米德奈特说过,"伊内兹妈妈"酒吧与蒂奥·秦的古玩店所在的那栋楼紧挨在一起。

看来只能自求多福了!我猛地一击,墙壁发出木头的声音。我又敲了敲旁边的墙壁,那是真正的灰泥。我把灯笼凑近认真一瞧,原来竟隐藏着一扇门,粉刷工艺天衣无缝,裂缝和斑块都看不见。即使光线再亮堂一些,也能瞒天过海,不一定会被人发现。

我用手摸索了一会儿,终于找到了一个钥匙孔,隐藏在旁边一个较黑的裂缝里。有钥匙孔就应该有门,但找不到可以开门的把手或其他任何东西。

我转身往回走,回到原来出发的地方。我发现那个被五花大绑的服务员还静静地躺在我离开的地方。他的一只耳朵在流血,还没有醒过来。我做了一开始就该做的事,翻遍他的衣服,找到一把又长又细的铁制钥匙,看起来像是我要找的东西。我把它拿回去,对准锁孔,果不其然插进去了。钥匙孔连它的柄都吞没了。我听到锁转动的声音,但门还是粘着。我用拳头猛击了一下门的边缘,想让它弹出来,门却坏了,向外倾斜。我拿起灯笼,走进去。

虽然目前还没什么大收获,至少我知道了这吸毒室和蒂奥·秦的古玩店之间的关联。现在我要做的就是揭开这次谋杀和远在迈阿密的埃迪·罗曼之间的关联。

天色渐晚,我的时间也快到了。

## 落入敌手

我也没走多远。下一刻便仿佛进入了一个四四方方的盒子中，有点像仿真壁橱。我提着灯笼，把鼻子贴在离门不到两步远的完好无损的木板上。那里有一条被截断的小巷，巷子很宽，但不深，两边是一些木板墙。我站在那里，一筹莫展。在我眼前，灯笼的倒影向上弯曲成一张垂直的薄纸，从一英寸外看着刨过的木纹。但这一切没有任何意义：一扇锁着的门，一位保留钥匙的侍者，通向一个这样的死角。

我先用手肘、膝盖和脚后跟按压木板的正面，纹丝不动。再从右边试一下，也是如此。但当我从左边推时，居然动了。一定是被哪里的铰链拴住了。此刻便能轻而易举地从下往上抬，摇摇晃晃地，像一个翻板阀。我蹲下身子，穿过木板，然后抓住它，轻轻地放下，这样就不会发出声响，暴露行踪。

一出来就发现外面有光，而且是电灯，所以不需要灯笼。我把灯笼熄灭，它发出一股油臭味和一声难听的声响。我把它放下，靠在墙边。

一根垂下来的绳子上挂着一个灯泡，应该是人为的。

我先瞧了瞧那个让我进来的精巧装置。从外面看，也就是我现在所在的这边，看起来就像楼下的一个大衣橱，几乎有天花板那么高。

它的正面有一条假缝，还配有把手和其他东西。而当你试图推开它的时候，根本推不开，一动不动。换句话说，这只是一个障眼法，不管从里面还是外面，都推不开。我注意到房间的另一边有个与之一模一样的门，宽度、清漆和其他一切都一样，我怀疑那也是个假门。

显然，此刻我正身处蒂奥·秦的房间里，有种办公室和会议室结合的感觉。我注意到，这里并没楼下店里那些华而不实的东方装饰。例如，我刚刚说过的，这里用的是电灯，而不是印有毛笔字的纸灯笼。这地方看上去像是属于一个头脑冷静、讲求实际的商人——而且很可能是一个不择手段、奸诈狡猾的商人。我安慰自己，这些都只是我的猜想而已。

廉价的西班牙二手办公家具上布满了虫洞。一张卷盖书桌，几把椅子，一张桌子，还有两个头重脚轻的衣橱。整个房间里唯一具有异国情调的地方，就是对面门框里悬挂的一串串珠帘。那扇门通向外面——我猜，通向他实际居住的地方。

我先试了一下卷盖书桌的顶部，运气不太好，锁得牢牢的。下面有一个抽屉，他肯定也不傻。里面有很多账本，我一本接一本翻开，匆匆扫过去，所有的记录都是汉字，我根本无从入手。

我突然停了下来，有种奇怪的感觉，但不知从何而来，总觉得被人盯着。我有点僵硬，肌肉紧绷，本能告诉我，再动一下就会暴露。虽然此刻为时已晚，已经被人盯上了。

我把账本放回抽屉里，慢慢地转头看。没有人，没有一点声音。但是这里没有风，也没有气流，那些珠帘没有理由像刚才那样微微颤动。肯定是轻微拂动过后又回到静止状态。之前他们还纹丝不动，刚才却摇摇摆摆。

我赶紧过去认真听。什么也没听见，甚至连鬼鬼祟祟往回撤的脚步声也没听见。我拨开珠帘，向外望去。什么也没看见，只有一条空荡荡的黑暗通道。但我能嗅到什么。一股什么东西的气味——一种微弱的甜甜的香味——是鲜花还是香精，我说不上来；没有足够的证据证明，而且我也不是专家。说不定这气味一直就存在呢。

我又回去继续探索。废纸篓里什么也没有，只有一份两天前的《滨海日报》。我把注意力转向第二个衣橱。这是我比较感兴趣的。首先,它背靠珠帘所在的那堵墙,这说明它不可能是一个秘密出口。已经有一个出口尽收眼底,何必煞费苦心在旁边布置一个假出口?其次,我走近后才发现和我以为的不太一样。我往下观察它的底部,发现有四个柜脚。另一个衣柜则直接固定在地面上。

因为被架高了,这个衣柜有点不稳。当我去拉柜门把手时,整个衣柜都微微摇晃,却依然打不开。我发现一个柜脚比其余的都短,被蛀虫吃掉了一半。柜门中间是有缝的,但锁得紧紧的。我停手了,害怕再这么晃动下去,整个衣柜都会压在我身上。

我后退了一步,又像上次一样僵住了。但这一次,当我转过身时,并没有看到珠帘突然静止不动,也没有看到它们微微晃动。它们是分开的,光明正大地收进一个菱形小孔里,就像被两根手指拨开一样。珠帘中央,一只眼睛正盯着我看。眼睛周围的睫毛很长,像射线一样。它没有试图躲避我,相反,眼睛睁得更大了,四处张望。整张脸慢慢地清晰起来,接下来是身体。

她是我见过的最美的中国女孩。不过,漂亮女孩一般都有一副蛇蝎心肠。她标致得像一个玩具娃娃,仿佛是按照玩具娃娃做出来的。最多四到五英尺高,纤细苗条,樱桃小嘴,都不知道食物是怎么吃进去的。皮肤像奶油色的瓷器,眼睛斜视着,但也尽显调皮。穿着果绿色裤子和青绿色外套,上面点缀着白色的小菊花。发间插着两朵珊瑚粉的天竺葵,刚好遮住一只耳朵。身上散发着淡淡的清香，也就是我之前闻到的香味。

我竟看得出神了，呆呆地杵在那里。我打赌我绝不是第一个。

她向我走来几步，然后停下，娴静地曲了一下膝。

我把手举到帽檐上，又放下来，作为回答。在我看来，这似乎是一件极其愚蠢的事情。我一边回礼，一边纳闷为什么这么做。我猜，大概是因为我现在不能被其他人发现吧。

但我注意到，她既没有表现出惊讶，也没有表现出惊慌，好像一直在等着我的到来。我还没来，她就做好迎接的准备了。她接下来的话正好证明了这一点。

"晚上好。"她的声音婉转动听，像长笛一样。

我还是一头雾水，但也用同样的方式对她咕哝了几句。

她切换成英语。在这里，他们似乎都说英语。

"你就是我那敬爱的叔叔今晚要等的人吗？"

原来她是秦的侄女，我第一次发现他还有令人羡慕之处。

我当然不是他要等的人，但我还是点点头。还有什么别的办法吗？

她想进一步确定。"你是保尔森船长吗？"我看到她的眼睛瞟了一眼我的帽子和粗布工作服。就是他们干的，他们杀害了她。他今晚一定是在这里等着什么船长。除了船长，还有谁更有可能在这里和大沼泽地海岸之间为他们奔波呢？是汽艇船长还是快艇船长呢？

听起来有点意思，我喜欢。我在想，是否可以将错就错让她带我四处看看。

我又碰了碰帽子，默认了她错误的猜想。

"他马上就来。有时候难免有生意要出去。"

他最好慢慢来，我暗自思忖。一分钟越长越好。

"他让我告诉你，等的时候千万不要拘谨。"

"好的。"我答应她。

"船长，您是从那条路进来的吗？"她指着钉了钉子的衣柜。

"是的。"

"我就纳闷，您怎么进来的。我不明白他们为什么没告诉我，就让你从另一扇门进来了。"

这样一想，她似乎对那条秘密通道并不陌生，实在很难与那张可爱的娃娃脸联系到一起。我想知道她对墙那边的情况了解多少。她知道得越多，我就能从她那里发现得越多，所以我为什么要介意呢？

"你的人在下面吗？"

她说的是"伊内兹妈妈"酒吧。很明显，真正的保尔森每次来这里都带着他的一些手下。他需要手下把这些东西运到船上。

"是的，他们在下面。"我说。

天哪，我也想慢慢来，让对话进行得合情合理，但我的时间不多了。

"你觉得你叔叔什么时候会回来？"

"很快。他去设法再弄一辆卡车。他说今晚还需要一辆。他让我告诉你，说你会理解的。"

我明白了：今晚的货很重。也许他们为了减少来回搬运的次数，所以想再增加一辆卡车。

"船长，需要我给你倒点茶吗？"

想想就很美好啊！坐在这里悠哉地品茶！

但是我摇了摇头。

她突然纠正了一下。显然，她从未与真正的船长见过面，但他以前来访时，她一定就在里面。她对我皱了皱鼻子，这小东西还挺淘气的。"我的意思当然是船长经常喝的那种茶。我叔叔的米酒。"

即使冒着被识破的风险，我还是摇摇头。我不想她离开，这样我才能从她身上套点消息。

但我还没来得及阻止她，她又曲了下膝，转身往回走。她拨开珠帘想穿过去，但似乎出了什么问题。我看见两三根绳子在身后紧紧拽住了她，她不得不停下来，手腕开始扭来扭去。一定是什么棘手的东西缠在她袖子的钮扣或饰物上。

她试图挣脱，但失败了，最后向我投来了恳求的目光。

她已经筋疲力尽了，我的机会来了，我非常高兴，赶紧过去看看能帮什么。

我笨拙地穿过那些像雨水一样挡住我视线的珠帘。她在一边，我在另一边。

"这里，在我的手腕上，"她说，"抓住它，看你能不能——"

我们四手交叉打了个蝴蝶结，周围缠绕着乱七八糟的东西。看来我反而帮了倒忙。有什么东西突然刺痛了我的手背，大概持续了一分钟，就像身上扎了一根刺，然后又滑出去了。我看不清那是什么，因为另外三只手和所有水滴似的珠串模糊了我的视线，他们都朝一个地方移动。

我从缠绕的珠串中抽出那刺人的东西，是一个蓝色的小圆点。"这是什么？"

"我很抱歉，"她愧疚地咕噜道，"一定是我袖子上的别针划伤了您。"

但我注意到，她突然脱身了，就像她被困住一样神秘。她又一次朝我曲膝，然后迈着小步子匆匆消失在黑暗中。

我站在那儿愣了一会儿，傻乎乎地看看手背，又朝她消失的方向望去，像个傻瓜一样。然后转过身，继续回去摆弄那张一无所获的卷盖书桌。

我的努力终于见效了。我发现一些更简单、不那么费力的事。一开始我以为卷盖书桌动了，后来才发现空欢喜一场。是我自己胳膊使的劲太小了，让我误以为事情更简单了。我开始觉得全身酥软懒散。我为什么这样做？有什么用呢？我还未理清思绪，双手已经停下来了，摊在桌上，什么也没做。

身上的力气仿佛瞬间被抽干，剩下一点能量慢慢喷涌而出，我做了最后一搏，就像肌肉抽搐一样，然后全身虚脱乏力，我只能停下，呆呆地站在那里。

我开始感到头晕目眩，身体摇晃了一下，我赶紧扶着桌子站起来。桌子怎么不稳了，一直朝一个方向转，而我则朝另一个方向转；然后它朝我这边转，我又往它那边去。我怎么都够不着它。

我几乎完全失去了平衡，赶紧从上方张开双臂紧紧地抱住桌子，总算又撑了一会儿。

珠帘突然掀开，四个男人一个接一个地走进房间。

他们来了，我的时间也到了。

肥胖的蒂奥·秦走在最前面。在他身后，是一个看起来铁石心肠、麻木不仁的人，脸庞瘦削像骷髅，白桦色头发，大约六英尺高，戴着一顶鸭舌帽，有点像我的帽子，身着一件薄薄的水手短外套，看上去像是在雨中缩了水：这才是真正的船长。他看起来像一个被埋了三天的斯堪的纳维亚人，腐烂后又被挖了出来。这两人的身后，跟着两个不知名的小喽啰：我猜他们是来装卸东西的手下吧。他们都是白人，但遭受过严重烧伤，干瘪的脸看起来像被赤道附近的猎头烟熏了很长时间。

变化最大的还是秦。现在这一切都是在幕后，他已经完全褪去笨拙迟钝的伪装，正如我第一次进入房间时怀疑的那样。他一开口，英语竟说得比我还好。小胡子不见了，大部分的睡意和善意也消失了。唯一不变的是他那大腹便便的身躯。

他们像机器人一样围在我身边，行动迟缓得要命。没有夸张行为，没有暴力威胁，只有一种莫名的优越感，甚至弥漫到了两个装卸工人身上。他们不打算硬碰硬，他们想玩点开心的。他们要和我玩猫捉老鼠的游戏。可惜老鼠已经晕眩无力，几乎要倒下了。

我眨了眨眼睛，四个人变成了八个人，我又眨了眨，又缩回到四个人。

蒂奥·秦说道："好好好好！原来是一个顾客！伙计们，你们觉得怎么样？一个顾客，打烊后还特地跑过来！"

那位铝合金肤色的船长噘起嘴巴，露出两颗白牙和三颗黑牙。十年前，当他这么做的时候，很可能是一个微笑，现在已经不是了。"也没什么值得夸赞的地方。秦，一定是你哪里服务得不到位。你这样可赚不了钱。"

秦回道："对对对，我们应该好好招呼。"他以最好的服务态度朝我鞠了一躬。"你在找什么？"他拍了拍手。"怎么不给客人搬把椅子呢？你们的礼貌哪去了？"

一个座椅突然从我大腿后凹处塞进来，强制我坐下。我坐在那儿呆呆地望着他们。眼皮很沉重，一直想闭上。我不太想和他们耍嘴皮子。"好吧，"我说，"好吧，你们抓到我了。"

那两个水手懒洋洋地靠在墙上，笑嘻嘻地看着他们的老板。船长在另一张椅子上坐下来,面对着我。他的体型太庞大,不能像大多数人那样坐着,只能直挺挺地坐着,一条腿平放在另一条腿上面。他还努力表现得和蔼可亲一些,但配上那副面孔,还是极可怕的。我猜他这么坐并不轻松,但他似乎很享受这一切。"也许他是来这里找人的,"他咯咯地笑着说,"你们为什么不问问他找谁?我知道他在找谁,我敢打赌。给他看。去吧,让他见见。"

秦掩口笑道:"我们的原则是主随客变,一定要让客人满意。"

"一定不能让客人失望而归。"船长笑起来发出噼里啪啦的声音,就像一个漏水的蒸汽接头。我还以为他脸的前半部分要爆炸了。也许这样还能让他的相貌有所改善呢。"去吧,带他见见他想念的人,"他催促道,"别让客人久等了。"

"保尔森,你把我所有的商业机密都给泄露了。"秦拿出一把钥匙,打开了前面的衣橱。他打开两扇柜门,站到一旁,让我看个仔细。

那个挂着的人看上去有点眼熟,但因为他现在的状态,我不能确切地认出他。身体被五花大绑,用缆绳吊在一个钩子上,钩子挂在一根粗大的杆子上,杆子横在衣橱上。

他尚存一口气,我甚至能看到他的胸膛正上下起伏。他不是昏迷不醒,就是被虐待得昏过去了。两只眼睛下面都有紫色淤青,整张脸都肿了,像得了腮腺炎,嘴唇也开裂了。我很奇怪,他怎么没在那东西里窒息而亡,但我抬头一看,才发现原来衣橱顶部是金属丝网做的。

"他就是你要找的人吗?"秦咯咯地笑道。

"不是,"我瞪着他,气愤地回道,"我来这里找一个卑鄙小人,他用刀子捅了我的——我的——"我激动得语无伦次。

秦关上衣橱,两手一摊。"没有。"

保尔森恍然大悟地拍了下膝盖。"哦,我知道了!你不早说!我给你看一张他的照片。你想不想看他的照片?"

虽然双眼已经呆滞无神,我还是迅速把目光转移到他身上。他在夹克里摸索着,拿出一个油腻腻的钱包,从里面掏出一张有光泽的黑色底片。

"这照片可能不太清晰。"他道歉说。

他把照片递给我。我伸手去接,他又移开了一点。我一次又一次地伸手去够它,总是近在咫尺却遥不可及。

"就在这里,来拿啊。我觉得你需要它。"他笑着说,也许他觉得这样很有趣。"是你自己想要的,现在我给你,你又不接。"

这次我比之前抓得更用力了,于是头朝下摔了个狗啃泥。

我听到头顶上传来一阵雷鸣般的哄笑声。我闭上眼睛,我不在乎,就让他们笑吧。

不过他们觉得不过瘾,又把我拉起来,按回椅子上,我的眼皮又抬了起来。

保尔森把照片底片朝光亮处高高举起,眯着眼深情地看着。"我告诉你照片上有什么,"他说,"从你那里看不清楚。上面有你和一位女士的脸。那位女士身后……"他把底片换到另一只手拿着。

秦骂了他一顿。

"身后有一把刀,捅进身体。上面只有握刀者的手,看不清他的脸,但他手背上有一颗五角星。"

然后他还特地给我看了看他的纹身。"就像这样的五角星。"

"你就是那个人,"我低声吼道,"是你干的。在我们周围的人群中,有一顶和你一模一样的帽子,我还记得,但我之前——"

他缓缓地转向秦。"你觉得我应该保留这张照片吗?也许我在美国的女友不喜欢,会误会我和其他女人在一起。"

秦忍俊不禁。"保尔森,你本人比照片好看多了。"

保尔森点点头。"等我有时间再拍一张。"一根火柴在他手里亮了起来,他把底片和火焰慢慢地靠近,还特意转头看我是否瞧得仔细。

我目不转睛地盯着。握紧拳头,试图朝他扑过去。这么高大的人反应却非常敏捷。他没有从椅子上站起来,而是把椅子往后一踢,手里依然拿着火焰和底片。我挣扎着说不出话来,真想就这么倒下,可是两个船员又一次抓住我的腰,把我从地上拎起来。

他们像泼脏水一样把我扔回椅子上。

"现在开始看仔细了。"保尔森咧嘴大笑。

火焰和底片彻底结合在一起了。底片犹豫了一会儿,然后开始加速。它燃烧得很快，没有烟雾，火焰明亮又集中，然后渐渐熄灭。他的手指间什么也没剩，只留下一点污迹。

我沮丧地垂下头，百感交集。

秦笑得咯咯响。"看他，一定是累坏了。也许是他还不适应这里的气候。"

站在我椅子后面的一个走狗狠狠地拧我的头发，把我的头又拽了起来。疼痛使我不得不艰难地睁开眼睛。

"他需要清醒一下，"保尔森说道，"也许吹吹海风能让他振作起来。没有比这更好的了。我今晚回去的时候带上他，还有衣橱里的那一个。我把他们两人都带走，反正都已经病入膏肓了。"

"免费？"秦问道，一脸天真。

"免费。顺路而已。"

那句"顺路"把我惊醒了。

"你游泳游得好吗？"他问我，"我打赌，一定不如鲨鱼厉害。"

秦故作一脸同情。"何况他的牙齿也不如鲨鱼尖锐。"

我转过头，又被强行扭回来。

保尔森关切地叫道："他太累了，连我们说的话都懒得听。我们说的他一个字也没听进去。秦，都是你那个侄女的错。"

突然间，他们那施虐成性的节奏完全打开了。我还没反应过来，一场迅速而粗暴的行动就开始了。我太迟钝了，都跟不上。我之前检查过的那个假衣柜上的铰链突然毫无预兆地飞起来，我隐约瞥见一个人影站在那里，只露出一半身体，噼里啪啦地对秦说些什么后，又迅速消失了。

秦一反常态，大步向前。"把这家伙绑起来。"他朝两个走狗厉声命令道。尽管他挺着一个大肚子，也能箭步如飞。他冲出珠帘，用中文喊些什么。一个女孩的回答从前面的某个地方传来。然后他又回来了，穿过那个假衣橱，从后面走了进去。里面那条小道竟然可以容纳他如此庞大的身躯，真是太出乎我的意料了。

他在那一头下达了一些命令——相当多的命令——我听到滑轮嘎吱嘎吱的响声和木制品的撞击声，他们好像在把那可拆卸的楼梯抬起来，毁掉暗道。

与此同时，两个手下把我困在他们中间，用一根绳子把我的胳膊绑在背后。

秦又出现了，气喘吁吁，但带着一副洋洋得意的神情，好像由于自己反应敏捷，一切不好的事情都已经解决了。

"发生了什么事？怎么吵吵闹闹的？"保尔森问他。

"楼下有警察来访。"船长开始焦躁不安。"坐好。现在不要离开。你在这儿呆着很安全。这有什么，警察以前也来过。查个一两分钟就没事了。他们从酒吧后面经过，一直走，只会发现自己进了另一条小巷，又回到了露天。警察绕来绕去，就像小狗追逐自己的尾巴一样。再过一百万年他们也不会找到这里。他们从来没找到这里。"

"我不喜欢这种感觉,警察就在我们脚下。"保尔森胆怯地说,身子微微颤抖,像热锅上的蚂蚁。

"这里没有什么能引起警察的注意。人们来到一个地方,往往不会无缘无故地抬头看天花板,搜捕的警察也是一样的。除非有楼梯,才可能吸引他们的目光。否则,他们的眼睛只会往前看。在这种情况下,一直向前走。这样最简单,而且准不会有错。"

一个小时。时间一定到了。

秦缓缓地指了指衣橱。"把他和另一个人关在里面,直到送走他们。你们可以把他们俩连同那些货物一起装进卡车。我们会安排几个麻袋。"

他走近我,凝视着我的脸,说道:"他还醒着,但几乎看不出来。"他得意地笑。"不过只剩下一点火花了。我看着它熄灭。"他转过脸,朝我吹了一口气。

然后他的脸渐渐往后移。我不知道是他在动还是我在动。"他在踢什么?"我听见他在远处说。"毕竟,这是一种最简单的死亡方式。"

我虽然看不见,但还有听觉和感觉。我感觉他们把我拖起来,架在他们中间,抬到一个像洞穴一样大的地方。他们还在我的两臂之间绑上缰绳,挂在什么东西上。我悬在那里荡来荡去,穿着袜子的脚离开了衣橱底部。

然后天变黑了,或者更确切地说,是我眼皮彻底垂下来了,残留的红色变成了紫色，紫色又变成黑色。两扇柜门合上了，钥匙转动几下又拔了出去。

一切都变得模糊而舒适。世界上再也没有烦恼，再也没有被谋杀的爱情，再也没有警察。没有人让你日夜提心吊胆，没有人让你日夜牵肠挂肚，也没有人日夜千方百计追杀你。夜幕降临，心灵也找到了栖息之地。

即使手臂被人不近人情地往后拽，也不疼了。但我的身体是直立的，我想要像平常那样躺着睡，睡很久很久。我试着躺下几次，都没成功，双脚总是打滑。

我最后残留的意识，是听见头顶上传来一个模糊的、无法辨认的声音。大概是这样说的："他们已经走了……很快就会出来……我告诉过……我不知道——这附近的某个街头女孩，她可能被赶出酒吧，所以想报复……他们要逮捕她，因为她报假警……"

我不知道是谁，也不在乎。很好，让他们去吧。我只想睡觉。但我想像以前那样躺着睡觉，现在这样感觉全身紧绷。

我又试了一次，身体前倾，但好像被什么人还是什么东西拉住了。我用尽全身的力气向前倾，想把自己摔下去。

我的头无力地靠在锁着的衣橱前。我不知道脑袋到底有多重，感觉好像有一吨重。有时候，即使只是增加一点点重量，也足以让天平倾斜……

我睡着了。我感觉自己头朝下掉下去。这样睡一定睡得很沉。

梦里好像有人在尖叫:"小心!掉下去了——"

最后一丝意识的闪现伴随着一阵柔和的撞击声。可能在我周围发出巨大的轰隆声,甚至可能会震动整座大楼,但我现在心如止水,听不见也感受不到。

我平躺着,就像一般人睡觉那样。

我不知道自己是睡着了还是死去了。如果是死去,天啊,死的感觉真好。

## 云开雾散

我又清醒过来了——人生就是这样，山重水复疑无路，柳暗花明又一村。我看见天又亮了，阳光从对面一扇装有栏杆的窗户里射进来。哈瓦那的漫漫长夜终于结束了，但这个夜晚的记忆却永远不会磨灭。我还记得，我们一起坐在敞篷马车里，去城里兜风，准备迎接新的生活。再看看现在的我。

躺在一张小床上，身上衣衫褴褛，至少还看得出是那套水手服。有人随意地把一条破旧的毯子盖在我腿上，另一端的脚还露在外面。我用胳膊支撑着爬起来，瞬间感觉天旋地转，又渐渐缓和下来。

我环顾四周。窗户上有栏杆，这并不意味着什么，这个国家的习惯就是这样。否则你根本分不清那是什么地方。这不是一个彻头彻尾的牢房,上面有一两处阴凉处,我想大概就是个拘留所吧。墙上钉着一份古巴酿酒厂推出的日历,日期定格在二月份。1934年2月。

有一扇门,我刚看到它,门就开了,一个警察朝我走来。他只是轻轻转动门把,没有锁和钥匙之类的东西。"警官,他醒了。"我听到他朝某人大叫。我还没来得及说什么,他又把头缩回去,关上门。我很确定,他是一名警察。

好吧!刚出虎穴,又入狼窝,回到了最开始的地方。

过了几分钟,门重新打开,还是那个警察,然后阿科斯塔拿着一堆文件出现了。他经过另一个房间时,突然停下来,转头对他们说了些什么,我从门口瞥见一个骨瘦如柴的人被两个警察拖走了,双腿从地板上拖过,后脑勺戴着一顶鸭舌帽。然后门就关上了。

阿科斯塔拍了拍手里的那堆文件。"终于结束了!"他兴高采烈地说。

我不知道他指的是我还是报纸。

"前嫌疑犯,最近好吗?"他咧嘴大笑。

我目瞪口呆地对他眨了眨眼睛。这算机智的应答吧!

"你知道,'前'就是以前的意思吗?"

"你是说,我现在是清白的?"

他咯咯地笑了。"哈哈,你昨晚去哪儿了?"他关切地问道。

我发出一阵轻微但表情丰富的呻吟来回答这个问题。

"我知道,"他替我回答,"脸朝下被困在一个翻倒的衣橱里。我们先把你的头从衣橱顶部拉出来,这样总比将衣橱翻转过来容易多了,否则还得使用液压千斤顶。"

那个警察端着一杯黑咖啡进来,我喝得太猛,洒出了大半部分,但感觉好多了,就像宿醉后喝了一杯热腾腾的醒酒茶。然后他们递给我一支香烟,我夹在指间像溜溜球一样把玩。

阿科斯塔笑容满面,好像他爱这世上的每一个人——好吧,是他身边的每一个人,我猜,尤其是在那些警察破案的时候。

"孩子,你真的是死里逃生啊!"他激动地说,"我们的突击队径直穿过商店,回来报道没有发现任何可疑之处。后来突击队又一次巡逻到巷子外,如果不是有人喊,我们早就离开了。但是,他们像傻瓜一样把我叫到屋里——我想他们是想阿谀奉承吧。我们在过道讲话的时候,'砰'的一声巨响!我以为整栋楼都要塌下来了。天花板上飘落一些石灰,正好落在我的肩膀上。我吹响口哨,突击队把这里全部包围了,这次我们楼上楼下都查了个遍。"

他转过头。"相信我,真的是不虚此行。我们发现一个被炸掉的暗室,怀疑那附近还有暗道,但直到现在我们也没找到。但我们发现了许多生鸦片,都已经打包好了,正准备运走。最后,我们在衣橱里发现了你和你的同伴。我们在那里很长一段时间。他们失去了理智,慌不择路地把枪口对准了我们,所以我们——照你的说法——对他们下手了。"

"你们抓住了谁?"

"在场的所有人。我们两面夹击,瓮中捉鳖。他们根本无处可逃。"

"本来有一张照片可以证明我的清白。要是我拿到就好了——"

"哦,我们已经得到了。"他向我保证。

"我明明亲眼看见他把照片烧了!"

"那只是底片而已。在他们闯入他的住所之前,坎波斯就把这张照片洗了一份。他把照片放在常用的暗格里晾干,这样照片的边缘就不会卷起来。暗格就在他的床垫下。这不是一个非常专业的方法,但毕竟他只是小本经营。他们只拿走底片,却遗落了照片。他已经看了照片,所以一恢复意识就告诉我们照片在哪儿。"

"他怎么样?醒了吗?"我急切地问道。

"还在医院里。他们下手有点狠,但只要经过足够的时间恢复,一定会有所好转。当你朋友被谋杀的案件受审时,他还可以作为重要证人出庭。我们掌握了他们殴打你们俩的事实,还有这张照片和保尔森的忏悔书,也就是我手里拿着的东西,我认为没什么好担心的。"

"保尔森?他招了吗?"

"事无巨细,"他笑着说,"就在你醒来之前,我们刚刚放下笔。"

他翻看了几份密密麻麻的文件。"他整个上午都在口述。第三稿,没有错误。我们连标点符号都核对了……你和女友一离开古玩店,保尔森就回来了。秦让他在那儿等着,他把他叫到门口,把你指给他看。"

"他根本不在乎杀的是谁,是吗?他之前从未见过我们。"

"对他有什么意义?只是份兼职而已。秦把刀给他看。'这是他收据上写的那把刀。他现在正把收据放在口袋里。我在填写的时候偷偷更改了。'秦还跟他说:'你跟着他,把刀换回来——用这把刀杀掉那个女的,还要确保拿走另一把刀。'然后秦还给了保尔森一些绿色的包装纸和橡皮筋,就像他包装你的那把刀一样。"

"所以他并没有真的从我口袋里拿出刀,并在人群中撕去包装?"

"当然没有,怎么可能呢?那是为了让我们觉得你的辩护苍白无力。"

"的确如此。"

"他远远地跟着你到酒吧附近,看见你要进去,就在你前面进去了。你在人群中慢慢挪动,把她护在身后时,你们还从他身边挤过去了。你甚至还在不知情的情况下帮了他,为了省事,你把外套解开了。人群水泄不通,你们的身体互相挤压时刀子露出来了,而且你的口袋也不深。刀子很快便落入他的手里。然后他跟在你们身后,一旦你们停下来,就用秦给他的那把刀刺穿她,再把包装纸和橡皮筋扔在地上做诱饵,所以案发现场有这些东西,大家都误以为是你口袋里的包装。"

"真是天衣无缝,是不是?"

"但摄影师捕捉到了他的手。"

"现在你们抓住他了。他不过听命于秦罢了。"

"他是从秦那里得到命令的,他承认了。"

"目前为止一切顺利。那秦又是听命于谁呢?"

"线索到这里就断了。"

我在小床上坐直了身子,把咖啡杯重重放下,发出沉闷的金属声。"你什么意思,线索断了?你打算只惩罚手下,放过头目?"

他双手递过咖啡杯。"我们无法把这两人联系起来,不能证明这些手下为哪个头目效劳。"

"直接说吧!"我迫不及待了,"别弯弯绕绕打比方了。"

"蒂奥·秦死了,"他说,"几个小时前死的,搜捕袭击后一直昏迷不醒。"

"你的那些人究竟是干什么吃的?"我怒吼道,"为什么这么冲动?他那么胖,手无缚鸡之力,为什么不试图抓活的?"

"不是我的人干的,他没有参与任何搏斗。他发现自己被团团围住后,只是静静地坐在那里等着。我们闯进他所在的房间,发现他正穿着中式长袍坐在那里,悠哉地喝茶,他的侄女把头埋在他的膝盖里。他表情好像很痛苦,我以为是在做鬼脸,所以没及时察觉，因为有太多让我们分心的事。我们要警戒的是枪战，而不是饮茶。女孩先他死去，我们把秦抓到这里几分钟后他就昏迷不醒了。肯定是过量服用了三倍剂量，就连洗胃器也无法救活。"

我从未想过，听到他的死讯会如此难过，但我确实感觉闷闷不乐。原来我并没有想象中那般恨他入骨。"那现在怎么办？"

"连接的纽带断了，"阿科斯塔告诉我，"我们抓住了那个真正拿刀行刺的人，他将因谋杀罪而受审。但现在线索中断，我们毫无头绪。中间人死了。这就像接力赛，环环相扣。"

"可那就是罗曼干的！"我狠狠地捶打自己的胸膛。"我十分确定！就像确定自己此刻坐在这里一样！你也应该相信我。任何人——所有的命令都是他发出的。他就是万恶之源。"

"那只是你的观点，不是事实。我也赞同这个观点。但我不能仅凭个人观点就签发拘押令。在起诉任何人之前，我必须有证据，而不是观点，即使是我自己的观点也不行。"

我蹲得很低，仔细观察地板，好像在努力辨认地上用隐形墨水写着什么。"可是直到昨晚，可能事情发生的前半小时，秦都从未见过我们。怎么确定目标？难道仅凭直觉？"

"可能是的，但也无法证明，因为秦已经死了。反过来也一样。保尔森也从未见过罗曼，甚至不知道有这么一个人。因为他交代了一切，所以我们知道这是真的。要是他不交代呢？如果可以的话，他会非常乐意推卸责任的，但他不能。"

"他一直帮忙走私运货。一定是转交给什么人,不可能直接倒在沙滩上。"

"每次都是一名开着卡车的男子来接货。这名男子只签收据,没有给他任何名字。那个人肯定不是罗曼。签名只是一段代码。秦知道那是什么,保尔森不知道。保尔森只为秦工作。即使这条线索最终可以追溯到罗曼,也证据不足。只有秦能证明他下令杀人,秦已经死了,无法开口。你不是也知道?这个案件已经结束了。"

"即使你把罗曼关在这里,扣留在你的管辖范围内,也不能以谋杀的罪名起诉他,是吗?"

"不能,"他说,"有什么不利于他的证据?"

我慢慢地站起来,似乎对谈话失去了兴致。好吧,说实话,还是有的。"这听起来太糟糕了,"我若有所思地说道,"太糟糕了。"

我把手插进口袋,突然看向他。"那我呢?我是作为证人被关在这里,还是什么?"

我注意到他迟疑了一两分钟。"按理说,应该是这样,"他也有点犹豫不定,"这毕竟是一桩谋杀案,你必须出庭作证。"然后他用手摸了摸下巴。"但我们可以破例一下,还你人身自由。"

"开审的时候,我会在哈瓦那。"我严肃地向他保证。

他看着我慢慢走向门口,把手放在门把上。

"你要去哪里?"

"我们那里有句老话。要改变逆境,就要去见一位女士。"

## 报仇雪恨

  我又回到了那条去赫莫萨大道的路，就像捡到钱包并获得工作的那天一样。直到现在我才知道前方意味着什么，当时一无所知。现在的我正走向死亡，当时的我以为走向了爱情。现在夜幕降临，当时阳光明媚。

  我不介意走路。我也不在乎花了多少时间。我希望到达的时候已经深夜，越晚越好。这就是为什么我没有试着搭便车的原因。我一点也不着急。我一定要去，没什么能阻止我。

  我在星空下缓缓前进，从容不迫，步伐均匀，步履稳健。海风不时拂过我的脸颊，和我玩耍一会儿，又继续前进。然后夜晚又恢复静谧，万籁俱寂，就像从前一样。偶尔，一辆汽车飞驰而过，头顶划出一条彗星轨迹，之后又慢慢地消逝。

这种感觉真有趣。悠哉地漫步，知道你要去的地方，两个男人将会死去。或许这只是我自己异想天开，并不会如愿。我此刻的心情很平静，没有一点恨意。我自己都惊讶不已。这种感觉很糟糕，但冷漠才更容易成功。就像一台没有感情的机器，开关已经打开，开弓没有回头箭了。

那些星星在穹窿之上，互相挤眉弄眼，滑稽有趣。它们仿佛知道将要发生什么事，也见过许多类似的事，对它们来说，已经司空见惯了。它们仿佛在说："又来了。"

我到赫莫萨路的时候，大概三点左右，我不确定。我离开大路，步行到那个地方。他们现在大门紧锁，但这难不倒我。我已经熟记于心，哪里翻墙最容易。我绕着墙走，一直走到海岸边的沙滩，发现了其中一处。潮水很低的时候，就像现在这样，你要做的就是逆流而上。即使涨潮了，我想我也会游出去，游到尽头，再从那边浮回来。罗曼甚至让人在自己住所前的海边竖起木桩，圈为私有财产。

那些生活在恐惧中的人都应该明白：你可以把一个人拒之门外，但你不能把死神拒之门外。

我从前面那个地方过来，现在正沿着海滩往上爬。正如我刚刚说过的，房子面向大海而建。我经常开车去接人的那扇门实际上是后门,不过也是他们用过的唯一一扇门。

我已经进来了。他们都已经进入梦乡了,所以无人知晓。

沙滩在月光下泛着银光,相互映衬之下,那些用来晒日光浴的小单间则显得一片漆黑。它们看起来像岗亭。突然传来一阵低沉的隆隆声,什么东西从单间后面窜出来朝我扑过来,太快了,我都没看清。

这里养了一条狗,乔布的狗。他们认为这些保护措施足够了:忠犬、铁门和高墙。通常是这样没错。这条狗会把篱笆另一边发现的任何两条腿的生物都撕成碎片。

我突然停下来,抱住它,寻思着是否要自我防卫。就在最后一刻,它猛地收住攻势,在我腿上撒了一滩沙子,并往我身上蹭。人一旦和狗交上了朋友,这份情谊便是长长久久的。这就是人和狗的区别。

"你好啊,小狼狗,我回来了。"我摸了摸它的脑袋。

它简直爱死我了,哪里还舍得把我撕碎。这恼人的小东西还一直拦着不让我离开。

"好了,快回去睡觉吧,"我说,"这不关你的事。"

房子里的灯都熄了。我一直都没有钥匙,现在得好好想想该怎么进去。我不想打电话把乔布掺和进来。乔布是无辜的,我对他毫无成见。我在这里工作的时候,一直和他坐在同一张桌子上吃饭。

我四处走动,绕到罗曼的窗户那里。他房间外的阳台帮了我大忙。那里有一个裂口，笔直的墙面上有一个凹口。我用窗户下面的凹槽做踏板，抓住上面的西班牙铁格栅，慢慢地爬上去。

途中我停了一会儿，往下看。小狼狗正蹲在那里看着，好奇地歪着头。我用拇指示意它回到海滩，但它一动也不动。

我转身继续爬。罗曼把所有窗户都打开了，我悄悄地溜进去。房间里又黑又静，但我知道他就在里面。我能听见他的呼吸声，还能闻到他呼出的酒精味，不管他今晚早些时候在哪里喝的酒。

我依稀记得床的位置，摸索着走过去，虽然我只进来过一次，也就是来这里的第一天。

我伸手探到床底，顺着床沿慢慢向前，当我摸索到床头时，便坐在床边，紧挨着他。床垫在我的重压下沉了下去，但他似乎毫无察觉。

我想让他看见我。我想让他知道自己死期将至。我伸手摸索他放在床边的一盏小灯，按了一下。两圈光晕在遮光罩两端同时出现，把我们的脸和四周都照亮了。遮光罩本身是不透明的，没那么刺眼。

然后我就静静地坐着，等着光亮透过来，唤醒他。这花了一些时间。他睡得很沉，像死猪一样。他根本没有想念她。杀人对他来说是家常便饭。他已经嗜杀成性，麻木不仁了。好，我倒要看看他被杀是怎样的。

我让他自己慢慢地醒来。我坐在床边静静地等着，紧挨着他，盯着他的脸。我想起前天晚上在哈瓦那碰见的那些丑八怪，当然也有一些美女和美男子。那个瘾君子库恩，还有那个丹麦船长，但眼前这个人是所有人中最丑的。总之，对我而言，他是最丑的。因为他杀死了我心爱之人。

光线照在他的脸上。他开始焦躁不安，试图把头扭过去，避开刺眼的光亮。我抓住他的肩膀，又把他转回来，但没有很用力。

他的眼皮忽闪忽闪的，挣扎了几次后，终于睁开了。

一开始他难以置信，以为只是做噩梦，或是灯光下出现了幻影。他接连快速地按了两三次开关，想让我从眼前消失。我依然纹丝不动，他才不得不相信这是真的。

我看见他的眼里慢慢充满恐惧，转而变得呆滞。

"你好，罗曼，"我朝他打招呼，"多么美好的夜晚，很适合长眠，对吧？"

他的声音还带着几分睡意。他不得不摇头让自己清醒。"乔丹，"他声音低沉且嘶哑，"乔丹。"

我伸手扼住他的喉咙，就这样轻轻地捏着。"不要试图大声呼救，"我警告他，"只要你一叫，我立刻下手，保证比你还快。这样只会对你不利。想要活命，就给我安静点。"

他的睡衣领子有点碍事，我用另一只手把领子扯开，先掰开一边，再换另一边，这样就不会碍着我了。我看得出，他依然钟爱白底细条纹的绸缎。这次是黑金相间的睡衣。

他把声音压得像砂纸磨过桌面一样沙哑。又或者，他竭尽全力只能发出这样的声音。

"斯科特。斯科特。"

我微微俯下身,以便听得更清楚。"嗯?你说什么?"我亲切地问道。

"我给你10万美元。在镇上的银行里。无密码,见票付款。只要你让我到桌子那边去写。就在那边,斯科特,房间的另一边。或者你去把空白支票和笔拿到床上,我在这里写。你拿的时候,我保证不动,双手高高举起,抵在床背上。"

我故作沉思,想折磨他一下。

"15万,斯科特。所有的工厂以及我名下一切资产。"

"我想要伊芙回来。"

他慌乱的双手在我身上、肩膀和脸上到处乱抓。

"20万。芝加哥账户都给你。25万。听着,你不心动吗?25万。"

"手给我放下。你真烦。我只要伊芙回来。你没听见吗?我要伊芙。"

他绝望地在枕头上左右摇晃着脑袋。"斯科特,我的一切都给你。纽约,费城,虚拟账户,保险箱。75万美元现金。统统都给你。你将拥有整个世界。只要让我离开这里。只要让我活着就行。"

"伊芙。我想再听听她温柔的声音。我想再看看她深情的眼神。我想再看到她在我面前活蹦乱跳。"

我曾多次在电影中看到20年代的老一辈大人物死去,他们总是慷慨就义,视死如归,咆哮道:"来吧!要杀便杀!"他不是,他是软弱无能的。也许是他现在老了,我不知道。20年代已经过去很久了。你觉得他在干什么?他正抚摸着我的手臂,试图用甜言蜜语哄骗我让他活下去。一下,两下,三下,像安抚一只发怒的老虎。

"一切,一切都给你——只要让我活下去。"

"但我不要你的一切。我什么都不要。我想要的比这简单得多。你花了一辈子,煞费苦心才创造75万美元,就这样交给一个陌生人,甘心吗?我只想要伊芙。你只要让她回到我身边就行了。对你这幕后操纵者来说,应该易如反掌吧。"

"我不能,斯科特。"他呜咽着说。

低气压的谈话,情绪已接近爆发点。我感觉一触即发,尽管我也不知道接下来要说什么。

"我办不到,你这是在勉强我。为什么不提点别的要求?"

"那你为什么要做连自己都无法挽回的事情呢?既然不能把东西归还,为什么还要夺走?"

情绪瞬间失控。我感觉体内似乎有一股热潮顺着手臂上的血管流淌。

"所以我也要拿走一样无法归还的东西,我唯一想要的便是:你的命。"

我双手紧紧地掐住他的脖子,同时朝两个方向扭。一只手朝一个方向转动,另一只手逆向使劲。它似乎是分层的:表层,即皮肤,朝一个方向动;里层,即下面的肌柱,反向移动。结果发出一声令人窒息的尖叫。我立刻扼住他的喉咙,阻断了回声。

什么也听不见了,只听见床单发出的沙沙声,好像他在床上极度焦躁不安。从这边滚到那边,又从那边滚到这边。腿不时向上抬,被子被撑得像个帐篷,然后突然倒塌,帐篷好像泄气一般。他又从这边滚到那边,从那边滚到这边,就像一把疯狂的剪刀刀刃。然后又抬腿,像在练健美操似的。

就在那一两秒钟里,我似乎恢复了理智,甚至可以客观地思考。我开始思绪万千。"杀死一个人需要多长时间?""他该死吗?该死?不该死?该死!"每想一次"该死",我便竭尽全力往下掐,直到听见骨头吱吱作响。每掐一次,他就会吐出舌头,好像是力的反作用,然后又缩回去。这就像孩子的玩具似的,你一按开关,它就开始运动。

我看见自己的头的影子,被那盏灯的光晕投射在墙上。我看到它往下晃动了一下,便消失在视野中,然后又出现了,再继续晃动。从墙上你根本看不出它在做什么。它看上去就像一个人的脑袋,正忙着做一些费力但无害的事,比如往床顶塞一个沉重的旅行箱。

突然它移位了,从我眼前被甩到远处的墙上,深浅也不同,好像某个新的光源冲刷了原来有限的光晕。那里出现了一个全身的影子。三角形,上窄下宽,一直向上移动。我没动,灯罩也没动,所以我知道那是什么。

"等一下，埃迪，我来抓他！"

警报终于拉响，尖牙也露出来了。

我把我们俩转了一圈，翻个身，想像翻筋斗一样翻到地板上。刚进行到一半，便传来一阵枪声。我们还在床沿，正准备翻身而下。说时迟那时快，我们赶紧一翻而下，相较门外的巨响，这只是模糊嘈杂的背景音乐而已。

刚开始我在上面，他在下面；现在，他在上面，我在下面。我的双手依然扼住他的喉咙，即使翻转，也没松手。他压着我，笨拙沉重、大腹便便、弹性十足，然后我们俩就躺在那里，一动不动。

没有任何动静了，我知道他过来了。

反正我已经杀死罗曼了。他现在气息全无。他的胸膛贴着我的胸膛，心连心，我"扑通扑通"的响声并没有得到回应。经过这样一番挣扎，如果有的话，我是会感受到的。所以我确定他的心脏已经停止了跳动，他已经死了。

很好。这就是我一直想要的。

他过来了。我们俩在靠窗一侧的床下，他看不见我们。我们都一动不动地躺着，罗曼是因为死了，我是因为怕暴露。我可以从床底看到他，脚上穿着那双他经常穿的草鞋。我看到他正往前走，一步一个脚印。有趣的是，我好像看见两只脚自己走过来似的。

我松开他的喉咙。已经没有掐着的必要了。皮肤几乎粘在我的手指上，就像揉了很久的太妃糖。我抓住罗曼那条花哨条纹袖子里软弱无力的胳膊，把它系在胳膊肘下面，垂直举过床沿。我紧紧抓住那块骨头，把它扶直了，因为那只手有点弯曲。我让它抓住床上的被子，就这样保持了一分钟。

我希望那只手看起来像一个上气不接下气的家伙，正在拼命地抓住什么东西让自己从地板上爬起来。

成功了。他对着那只死人的手问道："你没事吧，埃迪？要抓他吗？"

我把自己的手平放在墙上那盏灯的电线后面，灯就在我脑袋附近。他的脚刚要绕过床角，我猛地把手抽出来。灯灭了，"砰"的一声掉下来，玻璃也碎了一地。

这对房间影响不大。门大敞着，只是我们躺着的这条过道变得模糊又阴暗。

他转过身，停下来看了看。我想，透过昏暗的光线，他还是可以看到罗曼身上的条纹睡衣。这是最主要的。

他不敢开枪。他不能确定是我，罗曼的可能性更大。他俯下身，想一探究竟。可惜他犯了大错。这正是我给他挖的陷阱。

我猛地抓住他的脚踝，一手一只。枪支掉下来了，慌乱中没握紧失控滑落下来的。你可以看到，他的手指去扣扳机时，枪已经离手了大半。我看见子弹轨迹是朝上的，斜射向天花板，而不是朝下射向我。

枪支比他先着地。他倒下划过的弧度更长。枪支发出清脆的轻响，他发出一声沉重的扑通声。

我花了一分钟才抓住枪，然后手弯成曲棍球棒似的，把枪用力滑到床底下。我不想要。好笑的是，我居然有股热情，想亲手对付他。

我推开罗曼，就像推开压在身上的沉重的床垫，把自己从下面拉出来。此时他也站起来了。我们以两头并进的方式拉近了彼此之间的距离，迎面冲刺。我们用最古老最原始的格斗方式互相攻击。

我原以为他没枪成不了事，但他似乎依然战斗力十足。我猜，以前他没枪的时候，也不得不以这种方式搏斗，对他来说并不新鲜。我的头震得厉害，感觉疼痛一直蔓延到脊椎，我知道他击中我了。这是我唯一的知觉。这种全身僵硬的感觉似曾相识。我已经对痛苦麻木不仁了。也许这对我有利，我不知道。

我反手挣脱，用力推开他，把他甩到房间尽头靠窗的地方。窗户都敞开着，他正好撞到一个开口，畅通无阻地退到阳台，我紧随其后。

我的胳膊都酸了，搏斗时已经没有任何知觉了，不过靠肩膀的后坐力把他甩开，我也始料未及。

他一度倒退到我先前爬过的栏杆上，腰部以上都掉下去了，恢复过来后，又努力把自己弹起来。不过时机算得不准，正好迎面撞上我的胳膊，加上他自己冲动之下的一拳，就彻底站不稳了。真是出乎意料啊！

我的肩膀扭得几乎脱臼,我看着他的脸从我眼前消失。这是我最后一次看到它。脸被打了几拳,看起来呆头呆脑的,又圆又肿,五官都缩在一起。我干吗在乎他的脸长什么样?他就这样从我眼前掉下去,消失在夜色中。

我错过了剩下的部分,因为他没有和我在一起了。我知道他已经翻身而下,只留下一只草鞋。

我看了看,他已经在下面了。他正四脚朝天地躺在草坪上,掉下去还不足以致命。那只狗紧绷着身子,半蹲着,怒气冲冲,我从楼上都能感受到。

我不知道乔丹身上是否有血,也不知道是什么使他流血的,或者是他身上战斗的激情仍未散尽,感觉兴奋不已。

我往下大喊:"抓住他,小狼狗!"我以为它不会。毕竟它是乔布的狗,不是我的。

乔丹的头瞬间被夷为平地,耳朵被往后撕扯,吞入它的喉咙。

接下来胳膊和腿一起。他像一只昆虫无助地瘫在地上,四脚朝天。狼狗在其中忙忙碌碌。

我转身回到房间,跌跌撞撞地走到床前。僵硬的身体开始变得软绵绵的。

我用脚一踢,将罗曼翻了个身。弯腰太麻烦了。有什么东西在昏暗的灯光下朝我眨了眨眼睛,有那么一瞬间,我以为他在装死,一只眼睛又睁开了。

这时我才明白，我并没有完全杀死他。就在他耳朵前面，什么东西正在闪闪发光，有点太远了，不可能是正常的眼睛。他是被枪支产生的湿焦油熏窒息的。他自己的保镖替我做了这件事。

我没有力气原路返回了。我慢慢地走出房间，穿过大厅朝楼梯走去，身后的门依然敞开着。

大厅灯火通明。乔布就站在楼梯口。他目不转睛地盯着我，好像已经一动不动站在那里很久了。

我低头看着他。"开始吧，"我筋疲力尽地说，"还在等什么？"

他只是一直看着我。直到我走到他面前，也没说一句话。

他突然转头看向大厅的尽头，也就是出口处。"我帮你开门。去吧，伙计。我想，我还得上去找人并打电话。"

我与他擦肩而过，四目相对。"别忘了告诉他们我长什么样。"我冷冷地说。

"我没见到任何可疑的人，"他说，"他们俩一回来就激烈争吵，然后就这样了。"

他帮我开了门，临别前说道："她是一个好人。我今天听他们谈论这件事才知道的。"

我继续朝黑暗中走去，回头看了看他。"你不会再听到他们谈论这件事了。"

他关上了门。

我在房子周围转了一圈，然后朝海滩走去。那只狗一看见我，立刻离开乔丹,飞奔而来,蹲在我身边。它的嘴巴周围血淋淋的,似乎长了一脸胡子。

"这是我的事,"我说,"不是你的。"

我绕过乔丹躺着的地方。幸好天很黑,近距离看简直惨不忍睹。

我找到一处容易翻墙的地方,这里穿过沙滩,依海而建。不过这堵墙还不够安全,不能将死神拒之门外。我拍了拍狼狗的肋骨,然后翻墙而去。

我听到它在墙的另一端来回奔跑,想穿过来和我一起走。叫声有点哀怨。

我不怪它。我也不想留在那里,和两个死人做伴。

## 坟上花开

晨光中的莫罗城堡就像一截短而粗的粉笔,笔直地挺立着。我们慢慢地漂过它,如此缓慢,几乎一动不动。但我们终于还是绕过了它,抵达港口,又回到了哈瓦那,似乎只是经历了一个风平浪静的夜晚。

我下渡轮,过海关。这是三天以来的第二次。那些人都看着我。

"只是一次出差,快速往返而已,"我解释道,"有些事必须亲自处理。"

他们都朝我竖起大拇指。

太阳还没完全升起,东方开始露出淡淡的晨曦,屋顶都笼罩在一层薄薄的晨雾中。人行道上依然透着一丝凉意,冷飕飕的。

我已经熟悉了哈瓦那的街道,我知道自己想去哪里。我直奔警察局和阿科斯塔的办公室。但我走得很慢,慢慢来。时间还早,他可能还没到办公室呢。

他到了,我一进去就发现他坐在办公桌前。他一定比我先到那儿。他已经开始整理前一天的文件了。他看见我站在门口,就抬起头来。

"大清早的,什么风把你吹来了?"他惊讶地问道。

我走进来,随手关上门。

"我刚刚在佛罗里达州的迈阿密杀了两个人。"我说。

他突然顿住,双手不再摆弄那些文件了,但也没有松手。

他大概埋头一分钟,然后抬头看我,看了很久很久。

"那你为什么到这儿来?"他压低声音,我几乎听不见,"为什么不上那儿去找警察?"

"不知道,"我带着一种半生不熟的语气,笑着承认道,"我猜是因为——这里离她比较近。也可能是因为遇见这种事,大家都喜欢找熟人。熟人了解一切,可以与之倾诉,不像陌生人。"我说完便忍不住笑了。

他终于不再看我了,开始四处翻找文件,好像这件事已经结束了,他开始着手下一件事。

我尽可能地耐心等候。最后我累了。"你打算怎么办?"

"关于什么?"

"关于我进来时跟你说的话。"

他生气了,就像一个大忙人被琐事缠身一样。他不耐烦地皱起眉头。"我英语说得不是很好,"他厉声说,"经常听不清别人对我说的话,尤其是说得太快的时候。"

"我可以说慢一点。我刚刚在迈阿密杀了两个人。埃迪·罗曼和布鲁诺·焦尔达诺,也叫乔丹。够慢了吗?"

他摇了摇头。"我今天的英语真是糟糕透了。如果我收到迈阿密警方的无线电报,让我拘留一个叫斯科特的谋杀犯,那就不一样了。那时我会全城搜捕一个叫斯科特的人,一旦找到,严惩不贷。我也不得不那么做。除非发生这种情况,否则你能不能别来这里,用我听得不太懂的英语来烦我?"

"要是你一直都没收到他们的电报呢?"我说,"很可能收不到。"

"除非接到通知,不然我怎么知道发生了什么?"他勃然大怒,"我又不会读心术!你都在这里站十分钟了,我还是不知道你要干什么。我很忙的。早上好,先生。门在后面,慢走不送。"

我终于明白他想做什么了。我想我应该感激他,但我不确定这么做是否值得。他给了我什么?不过是漫长的痛苦,而不是快速治愈。

我转过身,摇摇晃晃地朝他指的那扇门走去。"我会留在这里的。"我说。

"我知道,"我听见他低声说,"喝点朗姆酒。很快就会过去的。"

一个警察慌慌张张地进来了,对他叽哩咕噜地说了些什么。他用手绢捂着手背,好像手背被抓伤或咬伤了似的。

阿科斯塔双手抱头,狂拨头发。他突然转向我。"你身上带了多少钱?"

我如实地告诉他。

他似乎并不在乎钱的多少。"你能把这钱作为保释金吗?这样我们就能把那个——那个瘟神脱手了。"

我完全不知道他是什么意思。

"那个女孩,不,那个女人!昨天她不分昼夜地在里面吵吵闹闹。如果你的钱不够,我就自己掏腰包。只要能把她弄出去,干什么都行!"

我把钱给他。"你们为什么抓她?重要人证?她不——"

"我的一个警探第一次拘留她时,她就顺走了他的怀表。一个不懂事的人让她在认罪书上签字,从那以后我们就无法摆脱她!她比时不时从海上刮来的飓风还要恐怖,至少狂风过境后还会风平浪静。"

我好不容易才把脸绷直。"她一定是滑倒了而已,"我忍不住问道,"当时她的另一只手在做什么?"

罚款和其他手续都办好了,一两分钟后,走廊传来一阵骚动和沉重的脚步声。不见其人,先闻其声。声音好像一个沉重的箱子被推来搡去,又好像箱子反推着行李员前进。总之是其中一种。

门"啪"的一声开了。两个警察押着她。即便他们三头六臂,她也能令其手忙脚乱。

"放开她,放开她。"阿科斯塔急忙朝他们挥手,"我的人再敢抓她,我就统统送去看病。打开临街大门。"他谨慎地补充道。

他们赶紧松手,好像乐意之至,甚至明显地后退几步,留给她足够的空间。

她没有立即冲向那扇令人心动的敞开的大门。她先低头看了看自己,把他人碰过的地方都弹了弹。她把哑剧演得惟妙惟肖,两只手分开绞着,仿佛在清除凝结的污物一般,然后转来转去,再停下来整理着装,好像重新穿戴盔甲似的。

收拾完毕,她并没有出门离去,而是慢慢地朝他走来。从容不迫,风情万种。她的臀上又挂着那些碎片,就像那天晚上我在房间里第一次见到她一样。她看上去如砂砾般坚强。但若有人侵犯或妨碍她,她则看上去危险可怕。

阿科斯塔站立不动——更确切地说,是坐在桌子后面。他的两个人在场,他什么也做不了。但如果我没看错,他脸上的表情出卖了他。他宁愿不惜一切代价,也要把椅子往后挪一点。

她突然在半途停下,怒目而视,眼神灼人,令他如坐针毡。

全场鸦雀无声,大家都屏住呼吸,包括他和两个在门口的警察。

毕竟，人类生来爱好和平，尤其是和平共处就能免受其害的时候。

我故意清了清嗓子，看看能不能使她撤退。她根本就没看我一眼。"喂，米德奈特。"我恳求道。没有用。她一直盯着他。"我到外面再和你谈，"她说，"我不喜欢这里的空气。"

她腮帮一鼓，他桌上的文件都跳动了一下。

然后她转身往回走，不疾不徐，风情万种。门口的两个警察赶紧让路，尽可能满足她一切需求。

她在敞开的大门口站了一分钟，面朝出口，侧向我们。她最后又狠狠地瞪了他一眼。然后单膝弯曲，拿出一个东西，把一根精心保存的雪茄段放到嘴里。临走前，她把手伸向门顶，在横梁上划了一下，火柴发出光亮，咝咝作响。下一秒，那根冒着热烟的火柴就掉到门槛上，正好落在屋里，大致朝着阿科斯塔的方向。

她继续往前走，从视线中消失了。一缕雪茄的烟雾从空荡荡的门口飘进来。

我转身看阿科斯塔。他正在偷偷地擦拭额头，还佯装淡定。然后，他拿起一张吸墨纸，轻轻地压住之前跳起来的那份文件。"快关门，"他咆哮道，"我再也不想在这里看到她。"

几分钟后，我在外面的街道追上了她。她慢慢地走着，从容不迫，不害怕任何人，不管是警察还是平民，都避着她走。我叫住她，然后赶上前。

"都结束了，米德奈特。"我跑过去，与她并肩而行。

"都结束了。"她同意道。

似乎没什么可说的了，我们都默不作声。

我们大致朝"邋遢乔"酒吧走去，在拐角处停了下来。

"本来我想请你进来喝一杯，"我说，"但是——"

"我知道，里面有人等你。坟上花开。"

她友好地挥了挥手，掸去我袖子上的灰尘，我想这就是我们告别的方式。两艘船在黑夜里相会，两条路在黑暗中相交。

我看了她一会儿，然后转身进去。她走她的路，我走我的。

我拿着鸡尾酒站在那里，就在那晚我们站的地方。我突然想起她临终前说的话。"让我看看拍出来的照片怎么样？"

"拍得很好，亲爱的，"我轻声说，"拍得很好。"无论她在哪里，我都敬她一杯，然后我把杯子"啪"的一声折断在吧台上。

我一个人孤零零地站在酒吧里。

### 图书在版编目（CIP）数据

黑色恐惧之路／（美）康奈尔·伍里奇著；陈小兰译.——上海：上海文艺出版社，2020（2021.4重印）
（康奈尔·伍里奇黑色悬疑小说系列）
ISBN 978-7-5321-7657-1

Ⅰ.①黑… Ⅱ.①康…②陈… Ⅲ.①长篇小说－美国－现代 Ⅳ.①I712.45

中国版本图书馆CIP数据核字（2020）第074458号

## 黑色恐惧之路

著　　者：[美]康奈尔·伍里奇
译　　者：陈小兰
责任编辑：蔡美凤　朱鉴滢
装帧设计：周　睿
责任督印：张　凯

出　　版：上海文艺出版社
出　　品：上海故事会文化传媒有限公司
　　　　　（200020　上海市绍兴路74号　www.storychina.cn）
发　　行：上海文艺出版社发行中心
　　　　　（上海市绍兴路50号）
印　　刷：上海中华印刷有限公司
开　　本：889毫米×1194毫米　1/32　印张6.75
版　　次：2020年7月第1版　2021年4月第2次印刷
ＩＳＢＮ：978-7-5321-7657-1/I·6090
定　　价：35.00元

版权所有·不准翻印

上海故事会文化传媒有限公司 出品（00956）www.storychina.cn
想看更多精彩故事？扫码下载故事会APP

上海故事会文化传媒有限公司所有图书可办理邮购，免收邮费（挂号除外）
汇款地址：上海市绍兴路74号(200020)；　收款人：上海故事会文化传媒有限公司出版发行部
联系电话：021-64338113
如发现本书有质量问题，请与印刷厂质量科联系 T：021-60829062